Olivier Adam, né en 1974, vit en Bretagne. Il est l'auteur de plusieurs romans, dont : *Je vais bien, ne t'en fais pas*, adapté au cinéma par Philippe Lioret et primé aux Césars en 2007, *Poids léger*, également adapté au cinéma, par Jean-Pierre Améris, *À l'ouest*, *Passer l'hiver*, *Falaises*, *À l'abri de rien* et *Des vents contraires*. Olivier Adam écrit également pour la jeunesse et le cinéma.

Arnaud Auzouy est né en 1976 à Marseille. Après des études de cinéma, il réalise quelques courts-métrages puis part travailler au Bénin. De retour à Paris, il devient caméraman. Passionné de photographie, il découvre le Japon en 2006. Il y séjourne à plusieurs reprises. *Kyoto Limited Express* est son premier livre.

KYOTO LIMITED EXPRESS

Un roman inédit d'Olivier Adam
en dialogue avec
76 photographies d'Arnaud Auzouy

Éditions Points

site internet : www.arnaudauzouy.com

ISBN 978-2-7578-1591-5

Pour deux sœurs…

Retour à Kyoto

Depuis combien de temps suis-je ici ? Des jours, des semaines, des mois. Peu m'importe. Dans cette ville le temps s'écoule sans forme ni contour, les jours se mêlent jusqu'à se confondre, fluides et désarmés. Il y a trois ans, lors de mon premier séjour ici, dès les premiers instants j'avais été saisi. Un sentiment de familiarité. D'accord immédiat. De Kyoto je n'avais rien découvert. J'avais tout reconnu. Comme si la ville, sa géographie, sa lumière, la texture de l'air, l'écoulement du temps étaient inscrits en moi depuis longtemps, depuis toujours.

Je suis arrivé à Narita un jour de pleine lumière, d'azur clinquant. À la descente de l'avion, j'ai pris le premier train pour Tokyo, il circulait parmi les champs, les rizières, longeait des hameaux de maisons basses, aux jardins étroits plantés de pins tordus et d'arbres à kakis. Parfois, au pied des collines, se devinaient un temple ou un sanctuaire, gardés par des animaux, des esprits, toutes ces créatures qui avaient émerveillé Chloé à l'époque,

lui avaient donné l'illusion d'évoluer dans un de ces films qu'elle adorait. Miyazaki, Takahata. Elle entendait respirer les camphriers immenses du Shoren-in, elle touchait leurs racines à fleur de terre et ils lui murmuraient des secrets bien gardés, des trucs d'enfant, merveilleux et un peu mièvres. Je les regardais avec elle et je ne pouvais pas m'empêcher de me dire à mon tour que quelque chose les habitait, aujourd'hui encore assis sur le bois du temple, contemplant l'un d'eux, veillant immense et frissonnant sur le jardin de mousse aux reflets roux, je crois le voir frémir, j'entends battre son cœur, profond et doux, accordé au mien, délivré tant que je le fixe.

La ville s'est resserrée peu à peu, verticale et hétéroclite elle a rongé le moindre espace, j'ai débarqué en plein cœur de Tokyo, je n'avais pas prévu d'y rester plus de trois jours, c'était comme un sas, un prétexte, un long couloir de lumières et de voitures brillantes, de vitrines et de bâtiments de verre poli, de réseaux routiers, ferroviaires et fluviaux entrecroisés, un long écheveau de rues sans accroc, bardées d'enseignes et de néons, où glissaient sans bruit des foules lisses et silencieuses. Bien sûr, le quartier de Shinjuku se défoulait dès la nuit tombée, mais Tokyo restait pour moi une

SEIBU
0101
TOWER RECORDS
ZARA
KARAOKE
TSUTAYA
ck
Calvin Klein

ville étrangement douce et calme, battant d'un pouls lent et régulier, s'y perdre était un coton, une soie. Dans la fatigue du décalage horaire j'ai dérivé parmi les grands cèdres du sanctuaire Meiji, dévalé Omote Sando, ses boutiques de luxe et ses immeubles aux architectures soignées, conçues pour la nuit et ses lumières, j'ai arpenté ses rues parallèles, bâtiments bas semés de boutiques miniatures, fréquentées par de jeunes gens aux coiffures sophistiquées, aux vêtements choisis, assemblages et superpositions savantes, jeunes filles échappées d'un dessin animé, silhouettes enfuies d'un roman de Murakami, jeunes hommes aux cheveux gelés et pantalons serrés. J'ai marché jusqu'à Shibuya, ses flux de passants entrecroisés, je me suis assis près de la fameuse statue du chien, j'ai attendu des heures, comme lui naguère son maître, mais moi non plus personne n'est venu me chercher. J'avais perdu les miens et depuis j'étais un égaré, une bête errante, le cœur à la renverse. J'ai attendu la nuit de néons, d'enseignes et d'écrans immenses, d'ombres entrevues dans les ruelles à l'équerre, pénétrant dans des bars minuscules et invisibles, lovés dans les étages d'immeubles étroits, la nuit de vitrines scintillantes, de restaurants répandant leurs odeurs de grillades. À Roponggi, j'ai dîné dans l'un d'eux,

le chef avait l'air d'un diable jouant avec le feu, le visage léché par les flammes immenses. J'ai vidé six flacons de saké, j'étais tout à fait saoul, c'est là que j'ai rencontré Hiromi, elle buvait avec des amis, m'a invité à me joindre à eux, elle n'était à Tokyo que pour trois jours. Nous sommes « rentrés » à Kyoto ensemble. J'écris « rentrer » parce que c'est l'exact sentiment que j'ai eu alors. J'ai eu l'impression de rentrer enfin à la maison, après des années d'exil.

Après le dîner, nous avons marché au hasard, les rues fuyaient vers la tour orange, des taxis noirs où se reflétaient les immeubles nous frôlaient, laissant derrière eux de longues traînées rouges. Des restaurants nous provenaient des rires, des chants, que Tokyo puisse être une ville à ce point joyeuse, ivre dès la nuit tombée, m'avait étonné la première fois, quand il me semblait qu'à Paris tout était devenu si froid et solennel, si triste et réservé. Pourtant à cette époque ma vie n'était pas encore ce désert, cette terre brûlée. Chloé illuminait chacun de mes jours. Et Marie me supportait avec cette infinie douceur, cette patience, cette bienveillance que tout le monde admirait, que personne ne comprenait vraiment, comme s'il échappait à chacun que nous nous aimions, qu'il n'y avait pas

BOS

d'autres réponses : malgré mon sale caractère, mes emportements, mes manières d'ours, les litres de Bowmore que je m'envoyais, les mois entiers où je m'absentais tout en faisant mine d'être là, absorbé par mon travail, englouti, malgré mon incapacité à m'accommoder du quotidien, du concret, malgré tout cela elle m'aimait. Rien de tout cela ne nous avait séparés. Rien n'était venu à bout de nous deux. Rien sinon cette douleur atroce, commune et pourtant impossible à partager.

Nous avons fini à mon hôtel. Hiromi était fatiguée, elle n'avait pas la force, ou pas l'envie de regagner le sien, situé dans le vieux quartier d'Asakusa. Nous avons dormi comme des enfants, vêtus des pyjamas fournis par l'établissement, sagement allongés côte à côte. Hiromi n'a pas tenté le moindre geste. J'imagine qu'elle a compris au moment même où elle m'a vu. Qu'elle a compris que j'étais loin, si loin qu'aucun baiser, aucune étreinte ne pouvait me ramener au pays des vivants. Au réveil il pleuvait, nous avons marché abrités par des parapluies transparents. Aux abords du sanctuaire la pluie a cessé, les échoppes ouvraient une à une, regorgeant d'étoffes, de pâtisseries, de poteries, d'éventails, de babioles Hello Kitty. Nous nous sommes perdus de vue dans les allées

ソニー通り
GINZA

d'un marché couvert, au milieu des légumes et des poissons une femme vendait des peintures, des cartes postales, des lithographies. Sur un format carré bordé d'or, au milieu des champs, des enfants munis de perches faisaient tomber des kakis qu'ils recueillaient dans leurs chapeaux, leurs tabliers, leurs paniers. « Moi aussi, je faisais ça quand j'étais petite. C'était la guerre, il n'y avait rien à manger. Maintenant plus personne ne récolte les kakis, on les laisse pourrir sur le sol. » Elle avait dit ça d'un ton rêveur et las. Je n'ai pas réussi à savoir si ce constat était pour elle un regret ou un soulagement. Puis elle m'a parlé de la femme qui avait peint ça. Elle était morte quinze ans plus tôt. Elle n'avait que trente-cinq ans. Elle était si douée, n'est-ce pas ? J'ai acheté la toile, j'ai répondu oui, votre fille avait beaucoup de talent. « Comment savez-vous que c'était ma fille ? »

Quand j'ai retrouvé Hiromi elle priait. Dans son dos cinq ou six Japonais se penchaient sur une urne immense. Par de lents moulinets de la main droite ils attiraient vers leurs visages la fumée des bâtons d'encens. Nous nous sommes donné rendez-vous à la gare. Elle avait à faire. Des réunions, des rendez-vous, un agenda. Tout cela était désormais derrière moi. J'ai rempli ces deux jours

en marchant dans la ville, me laissant dériver au gré des rues, des vitrines, des cafés, achetant au hasard des canettes fluo dans les distributeurs plantés un peu partout, traversant des marchés aux étals incompréhensibles, croisant des grappes d'écolières en uniforme, frayant sous un ciel rayé de fils électriques, de lanternes rouges, d'idéogrammes lumineux, plongeant sous la terre pour filer dans des métros calmes, somnolant sur leurs banquettes de velours vert, observant d'un œil mi-clos les voyageurs absorbés par l'écran de leurs téléphones, longeant des immeubles immenses au sommet desquels on touchait le ciel, dominant la ville infinie étincelante, s'allumant en nuées de points lumineux sous le bleu nuit déchiré en lambeaux, glissant sur la Sumida dans un bateau blanc sous la litanie des ponts, le soleil couché dans la mer à l'horizon, nimbant le Rainbow Bridge d'une lumière poudrée. Puis c'était la nuit brillante et soyeuse, du satin l'on passait en un instant au criard des quartiers électriques, les portes s'entrouvraient sur le vacarme infernal des salles de pachinko, dans les étages à moitié saouls on s'époumonait face aux téléviseurs karaokés, dans des rues plus sombres on proposait des filles qu'il fallait payer à l'heure, des bars invisibles où se dénudaient des

京都の秋は永観堂

hôtesses, des salons crasseux où l'on ne massait pas que le dos, des restaurants blafards où l'on mangeait pour sept cents yen.

À la gare Hiromi était là, elle s'est étonnée de mon peu de bagages. Le Shinkansen filait dans la campagne, le nez collé aux vitres j'étais le seul à guetter le mont Fuji. Nous avons débarqué à Kyoto par une journée douce et moite, des nuages barraient les montagnes, la maison se nichait près du Chemin des philosophes, sentait le bois humide, le papier, la paille de riz. « Enfin rentré », me suis-je dit en m'allongeant sur le futon, fermant les yeux, écoutant frissonner les bambous et les érables, et crisser les cigales.

L'ours

La maison était nichée contre les collines, dans une ruelle du quartier de Shishigatani. Elle était humide et trop sombre mais j'aimais ses cloisons de papier, ses tatamis blonds et la minuscule terrasse sur le toit, où je faisais sécher mon linge et fumais des cigarettes dans la nuit saturée de cigales, contemplant les tuiles des maisons voisines, les montagnes qui dans la pénombre se résumaient à des lignes courbes, des masses opaques, hérissées d'arbres noirs. J'ignorais combien de temps j'allais vivre là, une vie peut-être. La France était si loin et j'étais au calme ici, le cœur apaisé, le cerveau délivré, anesthésié et fluide. Tout me semblait doux et familier, les alignements de maisons basses et leurs entrées décorées de plantes, de *tanuki* et d'objets divers, arrosoirs pots en terre parapluies bicyclettes, les jardinets où fleurissaient les rosiers du Japon et les camélias, les pruniers et les arbres aux kakis orange, le canal et la promenade bordée d'érables et de cerisiers, de boutiques et de

coffee shops au charme désuet. On s'y promenait dans le silence à pas feutrés. Le dimanche, des jeunes filles en kimono marchaient deux par deux, glissaient dans les jardins des temples voisins, déjeunaient dans un restaurant de tofu, agenouillées à des tables basses donnant sur des bassins où circulaient d'énormes carpes rouges, des pins taillés, des lanternes et des cailloux blancs, poussaient jusqu'au Pavillon d'argent, son chemin s'élevant à flanc d'une mousse aux verts changeants, plus ou moins tendres, plus ou moins intenses, plus ou moins soyeux, gorgée d'eau et de lumière, semée de feuilles tombées, rouges orange jaunes ou violines. Je les imitais chaque jour ou presque, m'arrêtant au Café Sagan pour lire le journal, m'installant au bois d'un temple pour noircir mes carnets, les yeux rivés à la porte coiffée d'un beau toit de chaume, ouvrant sur la forêt où frayaient des sangliers et des singes, des corbeaux noirs et luisants, et d'énormes araignées jaunes. Je ne me lassais pas de ces itinéraires, ils suffisaient à me remplir, du moins m'en donnaient-ils l'illusion, il restait si peu de moi, une enveloppe si mince, un rien aurait suffi à la combler. Parfois Marie m'apparaissait, quittant le canal pour s'enfuir dans une ruelle menant au sanctuaire, les souris au

milieu des fougères et les deux gros lions bouclés parés de lierre, l'autel envahi par les herbes, les graminées, les rampants. Je bifurquais à mon tour et elle s'évanouissait, elle n'était pas là bien sûr, elle ne pouvait pas l'être, elle était à Paris ou quelque part en Bretagne, menant une vie où je n'avais désormais plus de place, où plus rien n'avait de place devinais-je, une vie rognée, rongée, réduite à des yeux plissés sur l'horizon, comme si le chagrin pouvait se laver à l'eau de mer. Au fond nous en étions arrivés au même point elle et moi. Je me demandais juste comment nos chemins avaient pu se séparer jusqu'à devenir parallèles, après toutes ces années collées, inséparables. Comment la douleur avait pu à ce point nous éloigner l'un de l'autre, quand tout aurait laissé penser qu'elle nous trouverait plus soudés que jamais. Nous avions été si heureux ici tous les trois. Ici rien n'avait changé, la texture de l'air, l'inclinaison du soleil, le rythme des jours. Mais de nous rien ne subsistait.

La nuit tombait vers cinq heures et les promeneurs s'évaporaient en un souffle. La pénombre gelait le chemin, figeait l'eau du canal, raidissait les arbres. Les boutiques fermaient une à une, les cafés éteignaient leurs lampes Art nouveau, tous évoquaient un Paris disparu ou un Londres enfui,

dont je doutais qu'ils eussent jamais existé. Comme chaque soir à la brune j'ai quitté le chemin pour les ruelles, le long de la rue principale brillaient une dizaine de taxis, fauteuils couverts de dentelle et chauffeurs gantés de blanc, des touristes s'y engouffraient par grappes de trois ou quatre et les voitures filaient sans bruit vers le centre-ville. J'ai eu la flemme de rejoindre le fleuve et me suis contenté du café du coin. La salle baignait dans une lumière dorée qui faisait briller le bois du comptoir. Affalé sur une chaise haute, un énorme ours en peluche fixait l'alignement des bouteilles. Deux hommes bavardaient avec le patron, occupé à remplir trois verres de bière à la pression. Je me suis installé sur le dernier tabouret libre. Le patron m'a salué d'un bref signe de tête, puis il a disposé les chopes devant ses deux clients, et la troisième devant l'ours. Les deux types ont trinqué, puis ont fait tinter leur verre contre celui de la peluche. Ce n'était pas la première fois que j'assistais à cette scène, quand les clients finissaient par partir le patron retirait le verre de l'ours, en vidait le contenu dans l'évier d'un air mélancolique et le rangeait dans le lave-vaisselle, avant de lui tapoter l'épaule en soupirant. J'avais fini par en parler à Hiromi. De Sagano, nous avions quitté

la bambouseraie pour ces rues de campagne que j'aimais tant, après une halte dans les jardins de la cabane des kakis tombés, elle avait voulu me conduire jusqu'à ce temple qu'elle trouvait à la fois triste et merveilleux. Entre quatre murets longés d'érables, mille statues de pierre signalaient des morts sans sépulture. Un bouddha au regard doux et sage veillait sur eux.

– Je vois très bien le bar dont tu parles, m'avait-elle confié alors. L'ours s'appelle Ari. Le patron l'a mis là il y a cinq ans maintenant, à la mort d'un de ses habitués, un gros type qui boitait et passait le plus clair de son temps au comptoir. À force, on dit qu'ils étaient devenus les meilleurs amis du monde. C'est vrai qu'il ressemblait à un ours.

J'ai demandé un Nikka et j'ai sorti un livre de ma poche, j'ai parcouru quelques pages sans en saisir le moindre sens, il y avait si longtemps que je n'en étais plus capable, mon esprit ne se fixait plus à rien. Dans un coin un téléviseur diffusait une partie de base-ball, je ne comprenais rien à ce sport mais j'aimais bien regarder jouer les gamins, on en croisait dans la rue aux abords des lycées en tenue blanc et marine impeccable, ils portaient leur batte à l'épaule et se dirigeaient vers les terrains engrillagés, sérieux et concentrés. Le patron a

poussé mon verre sur le comptoir, j'ai fait tourner le liquide blond dans la lumière, contemplé ses reflets d'or, j'étais tellement absorbé que je n'ai même pas vu la porte s'ouvrir, trois types ont surgi en pointant l'ours du doigt, hilares et sans doute assez saouls. Je les ai tout de suite reconnus. Le plus vieux d'entre eux ne devait pas avoir la trentaine, tous trois arboraient le visage poupin, joufflu et rougi des Américains de leur âge. Qu'est-ce qu'ils foutaient encore là, je les avais supposés au Japon pour affaires, s'éloignant d'Osaka pour une visite éclair, Pavillon d'or Pavillon d'argent dîner sur Pontocho, avant de repartir par le dernier Limited Express. Puis ce seraient l'hôtel et le retour par le premier avion. Rien de plus. Je les imaginais mal à Kyoto en touristes au long cours, qu'auraient-ils pu comprendre à cette ville ? Mais ils étaient encore là, bruyants et vulgaires, égaux à eux-mêmes. Je me suis planqué derrière mon livre tandis qu'ils approchaient d'Ari. Sans se soucier des autres clients ils se sont mis à lui parler, à le prendre par l'épaule, à lui taper dans le dos, puis l'ont déguisé d'une casquette et de lunettes de soleil. C'était à hurler de rire, vraiment. À côté de moi les deux hommes baissaient la tête d'un air navré, je voyais bien qu'ils souffraient, j'ai jeté un œil au patron et il avait du

ちゃんこ 天山
おこしやす

mal à se contenir lui aussi, sa bouche se tordait en un rictus douloureux. Ils ont continué leurs conneries un bon moment. Cette fois je n'ai pas eu besoin de me lever. D'une voix sèche le patron leur a demandé de sortir. Les trois crétins se sont arrêtés net, on aurait dit qu'on venait de les gifler. Ils ont mis un temps à réagir. Quoi ? Qu'est-ce qu'il leur voulait le Jap ? Est-ce qu'ils avaient bien entendu ? À coups de mimiques outrées, de jeux de mâchoires ridicules et de dents serrées, ils tentaient d'avoir l'air dangereux, se rêvaient en petites frappes de grand écran. Le patron ne s'est pas laissé impressionner. Sur un ton égal, calme et dur, il leur a de nouveau demandé de sortir : ils avaient manqué de respect à son établissement, à ses amis et à lui-même, ils n'avaient rien à faire dans cet endroit. Décidément ces types avaient l'air de parfaits abrutis, on en voyait à Kyoto comme partout ailleurs, mais ici cela faisait plus mal encore, comme un peu de merde sur des pétales de fleur. La veille au soir, je les avais croisés dans un restaurant de Kyamashi, j'avais assisté à une scène de drague aussi pénible qu'épaisse, j'avais eu de la peine pour les trois filles qui mangeaient là, et pour l'ensemble de dîneurs forcés d'assister au spectacle. Ces types parlaient si fort et riaient si gras qu'ils polluaient

KI·CHI·RI
2F
明治

tout autour d'eux, tout le monde les regardait mais qu'est-ce qu'ils en avaient à foutre, de manière inexplicable ici ils se sentaient les rois du monde. Les filles avaient fini par griffonner des chiffres sur un bout de papier, j'y avais jeté un œil et ça ressemblait à tout sauf à un numéro d'ici. Les trois compères étaient ressortis satisfaits, bourrés de morgue et d'assurance, persuadés qu'ils allaient tirer une Asiat' dans la chambre de leur hôtel, et sans avoir à dégainer leur portefeuille. Vingt minutes plus tard ils étaient réapparus, leur papier griffonné à la main. *« Wrong numbers »,* répétaient-ils, l'air mauvais. Je m'étais levé et les avais priés de déguerpir, ils avaient hésité un instant, m'avaient jaugé du regard, j'avais la tête et les yeux de qui n'a plus rien à gagner ni à perdre ici-bas, de qui se situe ailleurs, loin du jeu et de ses règles. Ils avaient rebroussé chemin en se foutant de ma gueule.

J'ai regardé le patron d'un air interrogatif. Il m'a fait signe de ne pas m'en mêler, ces jeunes gens allaient quitter le bar sans faire d'histoire, sans quoi il appelait la police. Les trois Américains se sont regardés, ils semblaient hésiter. Ils ont fini par quitter les lieux, les yeux rouges et exorbités, nous menaçant du doigt et gueulant

桜 湯
DVD

« You Japanese are fucking racists. God bless Hiroshima ». Le patron a récupéré les trois verres de bière, dont celui de l'ours, intact, et en a resservi trois autres à ses clients, peluche comprise. Il m'a offert un second whisky. Puis il s'est adressé à l'animal. Les deux types en face ont fait de même. Ils lui ont parlé longuement. On aurait dit qu'ils réconfortaient un vieil ami.

Trois ans et des poussières

Une large terrasse donnait sur l'étang. Le soleil cuisait ma joue et mes doigts caressaient le bois lisse du plancher. Dans mon dos le temple était désert, je venais d'en traverser les pièces vides et nues, j'avais glissé dans ses couloirs, emprunté les galeries serpentant dans la mousse et cernées d'érables déplumés, aux branches desquels subsistaient quelques feuilles intensément rouges. J'ai dormi bercé par le silence, clignant parfois des yeux sur l'eau verte, les barques garées en lisière, les canards glissant à la surface, la rive courbe et à l'arrière-plan les montagnes cotonneuses et douces, troublées par une brume légère. De la salle de prière montait le bourdon des sutras, quelques visiteurs erraient sans bruit, c'est à peine si leurs pieds touchaient le sol, ils finissaient tous par s'échouer ici, s'asseyaient subjugués par la beauté du lieu, transpercés. J'aurais pu y rester des heures entières, ma vie entière aurait pu se dérouler là me semblait-il, occupé seulement à regarder passer les

saisons, varier la lumière, à sentir l'air entrer dans mes poumons, le cœur paisible, le cerveau lessivé. Que me restait-il d'autre ?

Je me suis levé tandis que le soleil mordait les plus hautes branches. Les corbeaux grinçaient comme s'ils craignaient que la nuit ne les efface tout à fait. J'ai pensé à Chloé, à sa peur du noir, aux cris de frayeur qui la réveillaient la nuit, avant qu'elle ne finisse par se glisser dans notre lit et se blottir contre nous. Je collais mon nez à ses cheveux qu'elle shampouinait d'abricot et d'amande, je respirais ses trois ans, et je priais pour ne jamais la perdre.

J'ai marché le long de l'étang et tout était pareil. La voûte d'arbres qui faisait comme un tunnel, les feuilles sanguines éparpillées sur la terre du chemin, un vieux type à lunettes marchait les mains derrière le dos en marmonnant, un autre promenait un chien dont l'extrémité des pattes était couverte de laine verte, il y a trois ans au même endroit déjà je les avais croisés, c'était aussi l'automne et Chloé tenait ma main, elle avait ri en voyant l'animal, je lui avais tendu mon appareil pour qu'elle le prenne en photo, longtemps nous avions souri au souvenir du berger en chaussettes. Nous avions aussi croisé une jeune femme accompagnée d'une enfant, Chloé

avait joué avec elle, malgré la barrière de la langue elles avaient tout de suite trouvé à s'entendre, un rien les amusait, cailloux, insectes, bouts de bois, tout était prétexte, elles avaient tracé toutes sortes de dessins dans la terre sableuse des berges avant de jeter des morceaux de pain dans l'eau à l'attention des canards. La femme parlait un anglais impeccable, elle portait un chapeau de feutre violet, une veste verte et avait un œil plus fermé que l'autre. Je ne sais plus de quoi nous avions parlé, sans doute de l'âge de nos enfants, elles avaient sensiblement le même, quatre ans à peine, de la France et de Paris, des motifs de notre séjour à Kyoto, que sais-je. La petite se nommait Kyoko, son prénom m'est resté en mémoire, Chloé le prononçait souvent, même plusieurs semaines après, alors que nous projetions de retourner au Japon elle s'exclamait : Peut-être reverrai-je ma copine Kyoko ! Pourtant leur amitié n'avait pas duré plus d'une heure.

J'ai continué à suivre l'eau, le soleil déclinait à toute allure, le soir troublait le paysage, les couleurs se fondaient les unes aux autres, une odeur de fumée montait du sol, à l'autre bout de l'étang les érables s'écartaient et s'ouvraient sur des champs et des rizières, semés d'arbres à kakis et de cabanes à outils. Des fourgonnettes étroites circulaient d'une

parcelle à l'autre, la plupart des paysans se préparaient à rentrer, enfilaient leurs blousons avant d'enfourcher leurs vélos et de s'éloigner vers la ville qui s'amorçait au loin. Au bout de l'allée, j'ai aperçu une femme penchée sur une enfant, la gamine traçait des dessins sur le sol à l'aide d'un bâton. Je me suis approché et c'était bien elle, elle portait le même chapeau de feutre violet et sa paupière droite tombait toujours un peu lourde sur ses yeux noisette. Je l'ai saluée sobrement, elle m'a répondu d'un sourire puis s'est adressée à sa fille. La gamine a relevé le visage vers moi, elle était pareille à mon souvenir, n'avait pas grandi d'un pouce, et son visage était resté figé dans le sourire de ses quatre ans. J'ai senti le sol se dérober sous mes pas. Par réflexe j'ai tendu mon bras, comme pour me raccrocher à Marie, mais elle n'était plus là elle non plus, cela avait beau faire plusieurs mois mon corps ne s'était pas encore habitué, nous avions si longtemps marché ensemble, désapprendre prendrait des années, une vie entière.

– *What's her name ?* ai-je demandé.

– *Kyoko.*

– *How old is she ?*

– *She will be four in May.*

Mon cœur s'est serré comme une vieille éponge,

j'ai senti mes poumons se remplir de verre. Je les ai observées jouer, la mère relevait régulièrement le visage pour me sourire. Je n'ai pas posé de questions, j'ai pensé à Chloé, à ses quatre ans pour toujours, j'ai pensé que quelque part sur cette terre elle jouait avec moi, avec nous, cachée dans les replis du temps nous étions réunis, en lisière du monde. Je les ai saluées, je les ai laissées s'émerveiller devant une ébauche de papillon et j'ai regagné le temple. Pris de vertige j'ai glissé dans ses couloirs, sur le bois des passerelles. Arrivé sur la terrasse je me suis laissé choir le long d'une poutre, je m'y suis adossé. J'ai repris ma place. Le soleil avait disparu derrière les arbres. J'ai fermé les yeux. Je n'étais pas sûr qu'on viendrait me réveiller.

Le long de la Kamo

Le sanctuaire se nichait parmi les arbres immenses et ceinturés de paille de riz. À cet endroit la rivière se fendait en deux, la pointe était nue puis se couvrait d'un bois profond où couraient la fougère et les chats, le long d'un torrent cerné d'herbes hautes. Une dizaine d'autels miniatures se plantaient çà et là, avant que l'on accède au bâtiment principal, son rouge chinois et ses salles inaccessibles, son pont et ses longs chrysanthèmes alignés. Partout priaient des hommes et femmes de tous âges. Je n'avais jamais été croyant ni même tenté de l'être mais voir ces gens fermer les yeux et se concentrer sur leur vie, chérir leurs absents et trembler pour les leurs au milieu des cèdres immenses m'émouvait au-delà de toute raison. À mon tour j'ai laissé couler l'eau sur mes poignets, fait tinter la cloche et frappé dans mes mains. J'ai fermé les yeux et c'était comme regarder la mer, se laisser envahir et relier. Chaque jour je me livrais à ce rituel, il m'était devenu indispensable, me

ramenait au sens même de ma présence ici, dans cette ville où rien ne me retenait, où je flottais et laissais dériver ma vie.

J'ai regagné la rivière, une esplanade surplombait la jonction des eaux, je me suis assis et j'ai allumé ma première Mildseven de la journée. Dans mon dos la Kamo filait vers les montagnes mauves, partout les herbes gagnaient et mangeaient la rivière en plaques phosphorescentes. Sous le ciel électrique lézardaient des canards et des hérons, insensibles aux corbeaux et aux rapaces qui survolaient les lieux en décrivant de grands cercles. De chaque côté de l'esplanade où se réunissaient des dizaines d'adolescents, des larges plots de ciment en forme d'oiseaux, de poissons et de tortues permettaient de regagner la rive. Séparés d'un bon mètre ils nécessitaient qu'on saute un peu, Chloé avait passé des heures entières à y aller et venir, Marie lui tenait la main, j'ai effacé cette image de mon esprit, penser à tout ça était trop douloureux, je me suis allongé contre les pierres chaudes et j'ai regardé planer les buses. Tout près de moi un jeune couple faisait de la musique, ici tout le monde jouait dehors, longeant la Kamo on croisait une violoncelliste, un tromboniste, un saxophoniste, un groupe de rock, une chorale, tous poussés dehors par l'exiguïté des

appartements, la finesse des parois, et ce constant souci de discrétion, de courtoisie et de calme qui faisait qu'en tout lieu, même parmi les foules tokyoïtes, dans les couloirs des métros, à ces croisements insensés où confluaient une douzaine de lignes piétonnes, tout semblait fluide et silencieux, comme si la ville entière était montée sur aéroglisseurs. Le type jouait de la guitare tandis que la fille chantait d'une voix dont la gravité m'a surpris, émanant d'un corps si frêle. Plus loin, cinq gamines d'une douzaine d'années se tenaient accroupies autour d'un kit d'expériences chimiques. Sérieuses et appliquées elles consignaient dans des cahiers bleu ciel l'évolution des mélanges, le changement des couleurs, l'apparition de précipités. Au milieu de la rivière, un groupe de garçons du même âge s'échinaient à tenir à dix sur un seul plot, hilares ils saluaient les touristes qui les prenaient en photo depuis la berge. Après ça ils se sont lancés dans une partie de foot joyeuse et brouillonne, riant même de leurs gestes manqués et des buts qu'ils encaissaient. Je les ai regardés jouer. Le plus doué d'entre eux arborait un maillot de l'OM, la France bénéficie au Japon d'une cote d'amour incompréhensible, à tel point que même notre si piètre football s'en trouve surestimé. Au bout de trois minutes

le ballon a fini à l'eau, le Marseillais a retiré ses chaussures et s'est aventuré dans le lit de la rivière. Il n'avait pas plu depuis longtemps, elle ne faisait que lui lécher les mollets, dans son maillot bleu et blanc il paraissait fouler les flots.

Je me suis levé et j'ai traversé la rivière, les berges filaient vers le pont de Sanjo, les chauves-souris tournaient dans le soir tombant et les moustiques me suçaient le sang. Une femme marchait près de l'eau, elle semblait égarée et frayait parmi les herbes, dérangeait les hérons, criait un mot, comme si elle appelait quelqu'un. Chaque fois que je passais là je la voyais, errant inlassablement, trébuchant parfois, s'enfonçant dans les sables incertains, la robe trempée. Elle devait avoir une cinquantaine d'années, se tenait très voûtée. Je me suis approché d'elle et son regard a croisé le mien. D'une voix nasillarde elle m'a demandé si j'avais vu Jonas.

– *Jonas ? I don't know. How is he ?*

Elle a semblé chercher ses mots un instant, puis elle s'est lancée dans une tirade en japonais dont je n'ai pas saisi un traître mot.

– *Is he your child ?* ai-je tenté.

– *No. My dog.*

D'abord ma méprise m'a fait sourire, puis j'ai réfléchi un instant, non je n'avais pas croisé de chien

errant, du moins n'en avais-je remarqué aucun, de nombreux chats se promenaient dans les parages, certains venaient se frotter contre vos mollets, Chloé adorait caresser leurs petits crânes, malgré son allergie elle ne pouvait pas s'en empêcher, c'était plus fort qu'elle. J'ai secoué la tête en signe d'impuissance.

– *When did you see him for the last time ?* ai-je demandé à tout hasard.

– *I don't remember. Maybe two years ?*

À l'instant de prononcer ces mots, une lueur hagarde avait transpercé ses yeux, son visage s'était ouvert et absorbait le ciel, le jour est tombé plus bas encore. Elle s'est remise en marche et ne m'a plus adressé la parole, à nouveau elle a appelé son chien, des dizaines de corbeaux coassaient et recouvraient sa voix, dans les cerisiers déplumés ils se fondaient en ombres effrayantes. Ses pas s'enfonçaient dans la terre spongieuse, régulièrement elle posait ses pieds dans l'eau et manquait glisser avant de regagner le banc de sable caillouteux et d'herbes mêlées. J'ai repris ma route vers Sanjo, la nuit était tombée maintenant, sa voix se dissolvait dans la rumeur aquatique que troublait un sourd bourdon automobile, bientôt elle a été emportée, la lune pleine argentait la rivière, faisait miroiter

les feuilles des ginkos. Aux abords du pont s'éparpillaient une centaine de jeunes gens, certains assis en surplomb de l'eau, d'autres debout et regroupés, boissons dans une main et cigarettes dans l'autre. Dans un coin deux musiciens braillaient des standards grunge et quelques compositions datées. Je me suis approché d'un attroupement, ils étaient au moins cinquante et encerclaient deux types et une fille vêtus de noir, ils ont enclenché la musique et se sont mis à danser en faisant tournoyer des torches. Les flammes traçaient des lignes orange et floues sur le noir du ciel. Je les ai regardés un long moment, parfois je pouvais sentir la chaleur du feu sur mon visage, je n'ai pas pu m'empêcher de penser à Chloé, à son émerveillement si elle avait pu voir ça, à son sourire à ses yeux brillants, à la main de Marie glissée dans la mienne, chaque soir nous achevions nos journées à cet endroit, Chloé aimait boire un chocolat chaud assise au bord de l'eau, les jeunes Kyotoïtes affluaient, c'était un spectacle permanent et joyeux dont nous ne nous lassions pas. Quand la faim s'annonçait nous hélions un taxi, la voiture noire filait vers Higashiyama, grimpait à flanc de colline et tournait à l'épingle, avant de nous laisser dans notre appartement par-dessus la ville, cerné de bambous de cèdres et d'érables. J'ai

senti une main sur mon épaule. Hiromi me souriait. Tu avais l'air ailleurs, m'a-t-elle dit avant de se faufiler parmi les spectateurs. Maintenant ils crachaient du feu, mes yeux brûlaient j'ignorais pourquoi, un instant l'image de cette femme cherchant son chien a traversé mon esprit, au fond nous étions pareils elle et moi, hagards et perdus, traquant dans la rivière livrée aux oiseaux la trace d'êtres enfuis depuis déjà longtemps.

Notes de chevet

Choses du monde animal

Corbeaux posés par dizaines sur les branches nues des cerisiers, rapaces survolant la Kamo, singes entraperçus entre les branches des arbres, hérons immobiles et dignes, hautains parmi les herbes des étangs, des rivières, des ruisseaux, chats roux dans la lumière le long d'un lac, à la brune sur le Chemin des philosophes quasi désert, araignées jaune et noir suspendues à des toiles immenses, la nuit montant vers la villa Kujoyama elles se mêlaient à nos cheveux, cigales crissant dans la nuit d'insectes, chauves-souris nous rasant tandis que nous longions la rivière vers le centre-ville, dos aux montagnes avalées par la nuit, aimantés par les lumières jaunes, daims parmi les lanternes, les arbres aux racines dénudées, les sous-bois, les fougères de Nara, leurs yeux ronds aux longs cils, Chloé hésitait entre la peur et la fascination, l'un d'entre eux avait fourré sa gueule dans le sac de Marie,

en avait sorti quelques biscuits en forme de koalas qu'il avait mâchés d'un air absent. Raies mantas dauphins et requin-baleine, pingouins loutres et poissons-clowns derrière les vitres des bassins de l'aquarium d'Osaka, tortues claquant du bec sous le pont couvert du jardin du Heian Shrine, centaines de singes à Arashiyama, nourris par un gardien en uniforme au son de la chevauchée des Walkyries, éléphants hippopotames otaries girafes et reptiles le long des allées du zoo de Kyoto, Chloé courant dans les allées les regardant à peine, contournant la volière pour rejoindre les manèges anciens, bateaux multicolores tournant sur eux-mêmes, train miniature, grande roue aux cabines roses et jaunes et vertes, *the oldest in Japan* m'avait assuré le type à qui j'avais tendu nos tickets, et son sourire découvrait une dentition partielle.

Choses qui font battre le cœur

Kakis tombés parmi les feuilles rouges et violines, agrippés aux branches nues comme des décorations de Noël, se détachant parmi les arbres, sur le toit de chaume d'une cabane à Sagano. Écolière touchant le tronc d'un pin à l'entrée du Nanzen-ji, comme voulant en sentir la vibration,

la palpitation lente, comme cherchant à y puiser quelque chose, une force, un fluide, un battement de cœur, lent, régulier, rassurant. Jizô aux têtes penchées, ronds, souriants et couverts de mousse, au pied des arbres et noyés de verts changeants, percés de lumière, de soleil en flaques liquides, au détour d'une allée, dans les jardins d'un temple à O'Hara, ailleurs coiffés d'un bonnet de laine, partout vêtus de tabliers, semés le long des routes, des maisons, au coin des champs, dans les fougères. Bouddha de pierre au centre de mille autres statues, cernées de murets en rectangle et surplombées d'érables cramoisis, veillant l'âme des pauvres gens sous le ciel azur. Feuilles d'érables éparpillées dans la mousse épaisse et tendre, formant en novembre un tapis rose orange et rouge. Escaliers de pierre montant vers les temples au milieu des grands arbres, toits de chaume mangés par la mousse, pavillons reliés par des passerelles, salles de prière livrées au silence, jardins secs ratissés par des moines aux gestes lents et précis, arbres taillés courbés sur des étangs comme des miroirs. Hommes et femmes priant à tout moment de la journée, partout, au cœur de la ville ou dans le secret des temples, dans les parfums d'encens ou buvant l'air liquide des sommets d'une montagne sacrée, gardée par huit

cèdres immenses et ceinturés de paille, en plein ciel, dominant des vallées et des collines à perte de vue, comme priant le paysage lui-même, les montagnes les rivières et le ciel.

Choses du cœur délivré

La lumière inondant les ruelles de Kurama, les maisons de bois le long de la route, la rivière à l'arrière des jardins, le chemin dans les arbres montant vers l'azur, malgré la pente jamais le sang ne s'emballe, là-haut le ciel vous boit et vous inonde, vous attrape le cœur et vous le rend net. Le même azur vers quoi l'on s'élève, sur les flancs du mont Hiei, chaque mètre gravi vous déleste de vous-même, là-haut vous n'êtes plus qu'une écorce, transparente et traversée par le vent, sous vos yeux le lac Biwa se déploie comme une étole, des sentiers s'enfoncent parmi les résineux, débouchent sur des plates-formes en suspension dans l'air où respirent des promeneurs, puis plongent vers des temples lovés parmi les arbres. Rivière limpide glissant au milieu des collines mordorées et cotonneuses, creusant une vallée où dérivent d'étroites embarcations. Pin huit fois centenaire dans le jardin d'un temple d'O'Hara, face à quoi

l'on pouvait rester des heures, Chloé endormie dans mes bras, fixant l'écorce et les ramifications des troncs, au plafond du temple des taches de sang provenaient d'une antique bataille, sur le bois récupéré du plancher d'un palais se dessinaient des visages grimaçants, trois fois par heure une femme racontait cette histoire aux touristes mais nous nous en foutions, assis en tailleur nous fixions l'écorce aux reflets orange, et le rideau de bambou sur notre droite. L'eau courant sur les poignets, à l'entrée de sanctuaires, coulant d'une bouche de dragon ou d'un tuyau de bambou, jamais Chloé ne manquait de se soumettre aux rituels. Nos pieds glissant nus sur le bois des temples, passant de salle en salle, longeant des jardins, compositions de cailloux ratissés semés de pierres figurant des îles, bordées d'herbes signalant un rivage, une terre, conjugaison d'étangs où fraient des carpes multicolores, de champs de mousse, d'érables rougis et de pins taillés. Barques glissant sur l'étang silencieux. Salles désertes, livres de prières ouverts sur les tables basses et laquées. Sutras scandés en une rumeur qui se propage dans la poitrine puis dans chacun de vos membres, et vous apaise comme un baume.

Choses qui font monter les larmes aux yeux

Offrandes à Jizô, dieu protecteur des enfants, partout présent, alignement de pierres à peine sculptées le long des chemins, statues aux visages délivrés aux abords des temples : jouets, doudous, bavoirs, biberons, tétines. Une femme prie les yeux fermés, le visage baigné de larmes silencieuses. Cela prend des heures et je pleure avec elle. Je pleure sans fin. Nettoyage d'une tombe dans le cimetière d'un quartier retiré, en lisière des champs, toute la famille s'y met, seaux à la main, brosses et éponges sous le ciel gris perle, comme échappés d'un film de Kore-Eda, appliqués et silencieux, concentrés sur leur tâche. La volière du zoo de Kyoto, à l'heure de la fermeture, nuit tombante et allées désertes, je crois voir Chloé courir dans les allées, réclamer les grands singes. Tous les lieux qu'elle avait aimés ici : pas japonais traversant la Kamo, en forme de tortues ou d'oiseaux, ruelles de Pontocho bordées de restaurants et de bars, à quatre ans à peine elle réclamait une halte dans ce qu'elle nommait un « café branchouille », berges de la Kamo où nous buvions un thé un café un chocolat achetés au comptoir du Starbucks,

observant les jeunes gens réunis, les chanteurs amateurs, les jongleurs, les amoureux deux par deux en surplomb des eaux gagnées par les herbes, le parc à la française au sommet du mont Hiei, planté de tableaux de Renoir Monet Manet, et qu'elle avait baptisé l'« endroit charmant », les jardins comme des parcours où elle aimait plus que tout traverser les étangs en sautant de pierre en pierre, emprunter des ponts de bois peints de rouge chinois, les camphriers où elle disait voir Totoro, la boutique des studios Ghibli dans les rues anciennes menant au Kyomizu-dera, le Café Ogawa sur Sanjo Dori, où elle se gavait de cheesecakes, le Café Indépendant en sous-sol, ses murs décatis, et l'étoile de mosaïque au sol, où elle dansait tandis que Marie et moi nous sirotions nos Yamazaki, le quartier d'Arashiyama, le Pont sur la lune et la rivière où glissaient des amoureux en barque, la Montagne des singes et la galerie du Tenryu-ji, où elle s'allongeait, visage et corps offerts au soleil, ne regardant qu'à peine le jardin parfait et les collines orange et bleu à l'arrière-plan, les rues marchandes du centre-ville, galeries couvertes se croisant, rangée de boutiques où elle trouvait toujours à réclamer une babiole, un pendentif pour téléphone, une poupée de bois,

une guirlande de hiboux en tissu, un mobile, des figurines, un livre.

Choses flottantes

Pont sur la lune dans la nuit tombante, éclairé de bleu par-dessus les eaux opaques, montagnes réduites à des ombres piquées d'arbres effilés, grappes de fils électriques partant en tous sens, frôlant nos têtes sous le ciel violet, maisons basses dans la lumière orange des lampadaires, enseignes verticales dans les quartiers d'immeubles, néons blancs roses mauves et verts, rues étroites jetées dans le canal où se reflète la ville diffractée, geishas filant vers dix-huit heures, silencieuses et pareilles à des apparitions.

Choses qui font naître un sourire

Deux gros ours en peluche, pêchant assis sur un banc, sur la berge du canal le long du Chemin des philosophes. Galerie de tanuki réunis en famille, dans le jardin d'un restaurant de Sagano, ou bien sur le trajet du train filant par-dessus la rivière, à flanc de montagne, à Arashiyama. Affiches publicitaires, dessins indiquant la marche à suivre dans

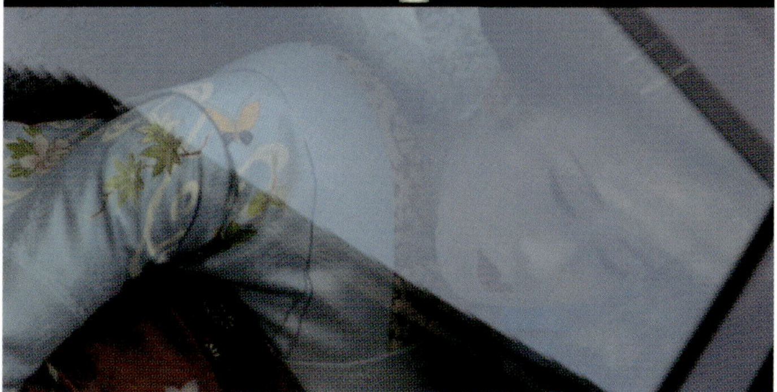

les pharmacies, les métros, les toilettes « western style ». Babioles et figurines par lots de cinq ou six, pendant des téléphones à écran large, des sacs à dos des sacs à main des porte-clés.

Choses du monde végétal

Cèdres immenses pointant vers le ciel saturé de lumière, ceints d'une corde tressée, de paille de riz, de morceaux de bambou. Pierre creusée d'idéogrammes, ceinture où s'accrochent des papiers pliés gonflés de pluie, rongée par le lichen et gagnée par la mousse, tachée d'eau et baignée de lumière, comme absorbant le vert tendre des arbres autour. Fougères dorées, ciselées, gagnant sur le tronc ridé d'un pin. Racines parcourant la terre, encerclant le pied des lanternes de pierre. Épines de pin dans la mousse, nénuphars, roseaux. Rosiers rugosa et camélias. Cerisiers aux branches tombantes, feuilles orange dans la lumière du soir, dominant le Murayama Park, parcourant les jardins de l'Heian Shrine. Montagnes à l'automne, points de couleur comme crachés à l'aérographe, bleues dans le soir tombant, rassurantes et nous protégeant d'on ne sait quoi. Arbres penchés sur l'étang, soutenus par un gros tuteur incliné, laissant dériver ses épines

à la surface de l'eau. Feuilles jaunes des ginkos en tapis sur le sol, dans le panier accroché au guidon d'un vélo, argentines dans la lumière nocturne. Kakis tombés au pied des arbres. Rizières en carrés modestes au milieu des quartiers pavillonnaires. Pins taillés à l'épine près, par des jardiniers munis de pinces, qu'on croirait à épiler. Bambous indiquant les nuages, en forêt à Sagano, on se sent absorbé par leurs sommets lentement balancés. Bouquets d'érables contemplés d'un pont couvert, une débauche invraisemblable, du rose au violet en passant par le rouge et l'orange tout un nuancier s'y dépense.

Choses du monde liquide

Pluie sur les parapluies transparents, le capot luisant des taxis, piquant la surface des étangs, roulant sur les tuiles des temples, s'écoulant des toits en gouttières pareilles à des guirlandes, noyant les jardins, les solennels sanctuaires d'Ise, les rochers mariés à Toba, reliés par une énorme corde tressée, où la mer se brise, gorgée d'averses. Rives découpées du Pacifique, centaines d'îlots disséminés, dans la nuit tombante comme des ombres, masses opaques tombant dans du pétrole. Étangs

immobiles où se penchent des arbres, dérivent des nénuphars. Canal aux eaux rasant les fonds et envahis d'herbes et d'oiseaux. Cascades silencieuses, torrent et rivières au creux des montagnes de laine et de coton. Étendue bleue du lac Biwa, contemplé depuis les sommets avant de plonger dans des vallées de conifères, mauve et pourpre au fond des fontaines, lissant la pierre et la recouvrant d'un glacis de lumière. Courant sur nos poignets à l'entrée des sanctuaires, nous couvrant tout entier dans les bains extérieurs, regards au ciel gorgé de bambous, tout à fait liquides et oublieux de nos corps dans le tiède et la douceur, piquant le toit de la maison où je loge, me faisant un manteau, une armure, une rumeur qui me protège et me noie.

Choses de la jeunesse

Enfants en kimono, à moitié endormis dans les bras de leur père, gamins dévorant des glaces au thé vert, sur une table près du Pont sur la lune, fillettes aux visages poudrés suivant en cortège une geisha servant le thé aux officiels, au bord de la rivière où naviguent des embarcations de carnaval, jour de fête et d'automne à Arashiyama. Gosses assis sur des balançoires, concentrés sur l'écran de leurs

137

consoles. Écoliers en uniforme dans les jardins du Pavillon d'argent, sur la terrasse du Kyomizu-dera, jeunes filles remontant leurs jupes faisant sauter deux boutons du chemisier blanc sitôt les cours terminés, garçons débraillés après l'école, cravates de travers et chemises sorties du pantalon. Adolescents en tenue de base-ball, batte à la main, se dirigeant vers les terrains de sable cernés de grillages, aux quatre coins desquels brillent d'immenses projecteurs aluminium. Jeunes gens sur les berges de la Kamo, réunis en couples ou par petits groupes, assis le long du canal ou debout une boisson à la main, groupes de rock vaguement grunge, de folk débraillé, chantant jouant faux, chanteurs et danseurs amateurs répétant en retrait. Juxtapositions de tissus improbables, hautes bottes ou bas jusqu'à mi-cuisses, chaussures à plate-forme, genoux tournés vers l'intérieur et démarches incertaines, coiffures ouvragées, maquillage tout entier voué à l'agrandissement des yeux, cheveux domptés en savants balayages, jaillissement d'épis de jais, teintures roses et violettes, robes à dentelles, froufrous, motifs enfantins, échappés d'un manga, à Tokyo dans certains quartiers l'excentricité comme une norme, un sas, une décompression, avant la plongée dans les années grises du salariat,

costumes sombres et tailleurs beiges, mallettes et squares d'enfants. Groupes de filles gloussant dans les machines à photo, choisissant des décors, des chapeaux, des paillettes, des lunettes, des coiffures, des idéogrammes. Garçons en meute dans les centres de jeux vidéo. Couples aux abords de love-hôtels, Jacuzzi jeux DVD karaoké dans des décors Disneyland, on y passe une après-midi à baiser mater des films prendre des bains chanter jouer, comme chez soi sauf que chez soi c'est impossible.

Choses de l'esprit

Tanuki, blaireaux aux bourses extravagantes, coiffés d'un chapeau, armés d'une gourde de saké, réunis en bandes ou solitaires, souriant des dents pointues et découvertes, le premier qui en voit un a gagné, Chloé les repère en un clin d'œil. Renards, souris, lions couverts de lierre, à l'entrée des sanctuaires, grenouilles au milieu des fontaines, sur le dos desquelles lancer une pièce et faire un vœu, grosses têtes rouges aux longs cils comme des queues de cheval, dieux du vent et de la terre, millier de bouddhas dorés alignés dans la longue salle du Sanjusangen-do, guirlandes de

EPSON

singes pieds et poings liés aux abords de la pagode Yazaka, papiers pliés de toutes les couleurs, noués aux branches d'un arbre, suspendus à des fils tendus, rongés par les pluies successives, plaques de bois décorées, réunies avant d'être brûlées, à leur dos Marie consignait toujours les mêmes souhaits, que Chloé soit protégée du malheur, que vienne un deuxième enfant et que notre amour perdure, aucun d'entre eux n'aura été exaucé.

事業寄進者芳名

開運招福
京都
哲学の道
家族の健康

Péninsule

Hiromi dormait le visage collé à la vitre. Le train fendait des plaines à l'abandon, des zones vagues où l'on distinguait parfois des cultures, une ébauche de village. Puis les collines reprenaient possession du paysage. À plusieurs reprises j'aurais voulu que le train s'arrête, j'aurais voulu prendre sa main et m'enfoncer avec elle dans les bois sombres, à la recherche d'une clairière, d'un torrent, d'un temple de montagne, désert et entretenu par les prêtres eux-mêmes, ratissant chaque jour leur jardin sec, enlevant une à une les feuilles mortes tombées. Nous aurions dormi dans une pièce froide et nue, nous nous serions levés à l'aube pour prier, avaler un maigre petit-déjeuner, quelques pas dans la montagne puis nous aurions retrouvé le silence tissé d'arbres et d'oiseaux, jusqu'au soir que nous aurions occupé à boire, avec un homme au crâne rasé aux yeux rieurs soulignés par des lunettes, boire jusqu'aux confins de l'éblouissement, jusqu'à l'évanouissement.

Le train nous a lâchés à dix kilomètres du Pacifique. Il pleuvait, une pluie fine et tiède qui se déposait sur les toits de chaume des sanctuaires d'Ise, autour des bâtiments des cailloux blancs et noirs luisaient en bandes parfaitement dessinées. Partout s'élevaient des arbres sans fin, et le silence était une rivière. Un pont de bois clair enjambait les eaux fuyantes à proximité d'un tori gigantesque et cloué d'or. De part et d'autre rien ne signalait la ville ni le monde. Quelques touristes marchaient sous des parapluies transparents, s'abritaient comme ils pouvaient quand l'averse se resserrait, ni Hiromi ni moi ne prononcions le moindre mot, la solennité des lieux nous intimait de nous taire, la forêt ruisselait jusque dans nos veines, la brume emplissait nos poumons. Où que nous allions un homme nous suivait, élégant dans son costume trois pièces dont il avait retiré la veste, chaussures vernies dont on aurait dit qu'elles ignoraient la boue. Il semblait échappé d'un film, Tony Leung arpentant les couloirs feutrés d'un hôtel. Quand nous avons quitté Ise il était encore dans nos pas. Dans le bus il s'est assis devant nous, le dos très droit, tenant son parapluie entre ses jambes, pointe fichée dans le lino. Nous sommes descendus un

peu avant Toba. La côte était mitée comme une dentelle, le bus avait tant tourné et viré que par instants on ne savait plus de quel côté chercher la mer. Partout c'étaient des bois en pente tombant directement dans l'eau grise, et au large des îlots couverts de pins maritimes. L'homme nous a précédés le long des flots remués. Les lampadaires se sont allumés en file indienne. Le soir tombait déjà et la pluie redoublait, tout brillait sous le ciel mat. Trois ans plus tôt nous avions quitté Kyoto pour la mer du Japon et il pleuvait aussi, nous avions pris des trains des bus un ferry, Chloé chantait à tout bout de champ, tout dans ce pays la réjouissait, les temples les jardins les boutiques la nourriture les trains le métro les téléphériques, tout dans la vie l'émerveillait, si je dois définir en quelques mots la petite fille qu'elle était c'est son sourire éclatant qui me revient en premier, son rire et sa joie, son imagination débordante, la vivacité et la malice de son esprit, toutes choses qu'elle ne pouvait tenir de moi, qu'elle avait dû hériter de sa mère. Nous étions trempés devant le grand tori rouge planté dans la mer. À marée basse on pouvait toucher son bois peint rongé par le sel. Dans la lumière grise, épuisée par le périple, frigorifiée, Marie

avait presque été déçue. Ce n'était pas si beau, ni si grand qu'elle l'avait rêvé. En six mois passés au Japon ce fut le seul moment où son humeur vira au sombre, le seul dont je fus témoin en tout cas. Nous avions fini par nous engueuler pour un rien et Chloé avait pleuré. Le lendemain nous avions retrouvé Kyoto et tout était reparti comme avant. Mes amours avaient recouvré le sourire et la ville nous embrassait.

Nous sommes arrivés face aux rochers mariés. Émergeant des flots, deux îlots noirs se tenaient par une corde tressée et gorgée d'eau. Au sommet du plus grand, un héron prenait la pose. Plus loin le long de la promenade, un sanctuaire s'adossait au granit, veillé par des grenouilles. Nous sommes restés là jusqu'à la nuit, quelque chose nous aimantait au-delà du raisonnable. Après tout ce n'étaient que deux rochers dans la mer et reliés par une corde. L'ensemble était de dimension modeste, s'effaçait parfois dans la bruine, avant de réapparaître net et précis à la faveur d'une maigre éclaircie. Mais nous ne pouvions en détacher notre regard. Malgré la pluie et l'obscurité. Sur notre droite, l'homme au complet se tenait sous la boule blanche d'un lampadaire qu'encerclait un halo de pluie. Il s'allumait

des cigarettes à la file. Plus loin sur la digue attaquée par les eaux, un couple s'enlaçait tout près du bord, une vague un peu plus haute aurait suffi à les tremper. Nous avons oublié l'heure. Hiromi semblait fascinée. Je l'observais en me demandant ce qu'elle voyait là-dedans, quel symbole, quelle révélation. Pourtant je ne me posais pas ces questions pour moi-même, je me laissais aimanter, songeant vaguement à Marie, à moi, chacun tenant sa tête hors de l'eau, menacés de noyade, séparés par quelques mètres mais noués quand même, liés à distance, baignant dans les mêmes larmes. Le vent s'est levé d'un coup, brutal et massif, des paquets d'air gelé venaient vous plaquer en arrière, achevaient de vous glacer. J'ai regardé l'heure. Le dernier bus n'allait pas tarder. J'ai fait signe à Hiromi et nous nous sommes dirigés vers la route. Il pleuvait de plus en plus et la mer s'agitait, on aurait dit qu'une tempête couvait. Les autres n'ont pas bougé. L'homme au complet semblait insensible à la bourrasque. Toujours aussi digne et élégant, bien que trempé jusqu'aux os, il fixait l'horizon barré de nuages et de brume. Le couple se serrait sous son parapluie, comme attendant la fin du déluge. Hiromi est allée leur parler, la nuit

était presque noire, ils sont restés à leurs places, décidés à se laisser avaler par la pénombre. Nous avons rejoint l'arrêt mais aucun bus n'est jamais venu. Toba était à dix kilomètres. À mi-chemin une voiture nous a ouvert sa portière. Hiromi claquait des dents et ses cheveux ruisselaient.

Il était trop tard pour rentrer à Kyoto. Plus aucun train ne partait avant le lever du jour. Nous avons pris une chambre à l'hôtel. Elle donnait sur la mer mais nous n'en avons rien vu. Par la fenêtre tout était noir. On entendait juste le vent souffler comme un dément, et l'océan se défouler dans un vacarme énorme. J'ai enfoui Hiromi sous des tonnes de couvertures. Elle tremblait de la tête aux pieds et son front était brûlant. J'ai vidé mes poches en cachets divers. Le mini-bar m'a fait office d'ordonnance. Je me suis endormi au milieu de la nuit, convaincu que les vitres allaient craquer, que les eaux allaient nous recouvrir, elles grondaient de plus belle et résonnaient dans les couloirs de l'hôtel. Cette nuit-là, j'ai rêvé de Chloé. De Marie. Nous marchions sous les milliers de toris rouges du Fushimi-Inari. Dressés les uns contre les autres ils formaient une voûte, un tunnel, un serpent cheminant dans les montagnes. Parfois l'animal

七年初午建之
平成九年十二月吉日建之
田川支部
旭商会
萩原良夫

se fendait en deux pour se réunir cent mètres plus loin. Chloé marchait devant nous, courait en effleurant le bois peint, s'extrayait parfois du tunnel pour frayer parmi les fougères. Nous avons fini par la perdre de vue. À nouveau le serpent s'ouvrait, nous avons pris chacun un couloir et je ne les ai jamais revues. J'ai erré des heures dans les montagnes hérissées de portes ne menant nulle part, formant des boucles et se mordant la queue. Puis la nuit est tombée et les toris brillaient comme illuminés de l'intérieur. Des renards rôdaient à leurs abords.

À mon réveil tout était calme et lumineux. Hiromi buvait son thé en souriant, parfaitement reposée, le visage clair et illuminé par son pull vert.

– Tu as parlé dans ton sommeil, m'a-t-elle dit. Tu appelais. Tu as même crié.

Par la fenêtre, la baie se déployait en flaque azur et lissée sous le ciel lavé. Nous avons pris le bus pour rejoindre Ise. Au moment de passer à proximité des rochers mariés, le trafic a ralenti. Un arsenal de voitures de police bloquait la circulation. Trois hélicoptères survolaient la mer. Sur le rivage, plusieurs équipes de télévision filmaient

橋面が滑りますご注意下さい

l'océan réduit à un lac. Hiromi s'est renseignée auprès du chauffeur. Trois personnes étaient portées disparues. Un jeune couple. Et un homme d'une quarantaine d'années. Il y avait eu une tempête durant la nuit. Le gardien du sanctuaire les avait vus se faire happer par la mer.

Le pont sur la lune

Hiromi m'attendait à Arashiyama, nous nous étions donné rendez-vous près du pont, elle m'avait raconté que l'année de ses treize ans elle s'était livrée au rituel : traverser la rivière sans jamais se retourner ni détourner son regard de la rive à atteindre, comme on s'éloigne de l'enfance une fois pour toutes pour se projeter dans l'avenir. Je l'ai traversée à mon tour, pas un instant ma main n'a lâché le bois de la rampe, pas un instant je n'ai quitté des yeux les montagnes repeintes. À ma droite, la rivière s'étrécissait, à son étendue calme piquée de barques lentes succédaient les rapides, des eaux limpides et bordées de berges de sable et de roches où s'amarraient des restaurants flottants. De l'autre côté c'étaient d'innombrables guérites où l'on vendait des poulpes et des maquereaux grillés fichés sur des pointes, des omelettes garnies de légumes, des brioches à la viande et des glaces au thé vert. J'ai longé la rivière jusqu'à l'effacement complet de la ville. Hiromi fumait

16

tout près de l'eau. Je me suis assis près d'elle et j'ai bu ma première bière de la journée. Après la première gorgée je n'ai pas pu m'empêcher de lâcher : «Tu sais, je crois vraiment qu'il y aurait un truc à écrire là-dessus, la première gorgée de bière et ce genre de plaisirs minuscules, je suis sûr que ça marcherait du tonnerre.» Hiromi a acquiescé sans saisir l'allusion, l'idée lui semblait bonne. Elle avait beau aimer la France, ou l'idée qu'elle s'en faisait, elle ne connaissait pas le livre en question. Entre Marie et moi c'était devenu comme un clin d'œil, une blague récurrente, un gimmick, chaque fois que l'un de nous ouvrait une bouteille c'était à qui dégainerait avant l'autre. J'ai fini ma canette. De temps en temps, une longue barque filait garnie de touristes, un homme la poussait dans les eaux calmées à l'aide d'une perche qu'il plantait dans son lit, puis de nouveau les flots s'animaient et l'embarcation filait dans les gorges toujours plus étroites. Je me suis tourné vers Hiromi et son visage se détachait sur le fond du ciel et des collines. Un court instant j'ai eu envie de l'embrasser. Ça m'a étonné. Je ne crois pas m'être senti coupable. Simplement surpris d'être ainsi rattrapé par la vie, même le temps d'un éclair.

おでん
いか焼
みたらし団子

– Pourquoi tu me regardes comme ça ? a-t-elle murmuré.

– Pour rien, ai-je répondu en me levant. On y va ?

Elle m'a imité et nous nous sommes dirigés vers le temple, son étang longé de cailloux blancs ratissés, son jardin en étages planté d'érables sanguins. Le soleil du matin éclaboussait la mousse en flaques liquides, ciselait la moindre feuille, le moindre branchage. Hiromi a glissé sa main dans la mienne et m'a entraîné vers la bambouseraie. C'était bon de se laisser noyer par le vert, de se laisser engloutir par le silence frémissant. C'était à peine si l'on distinguait encore le ciel entre les branchages légers et fluides. C'était à peine si je sentais battre mon cœur, l'air entrer dans mes poumons. Nous avons glissé fondus aux arbres, transparents, élémentaires. De la scierie montaient des parfums de bois coupé, aux abords le sol était couvert de copeaux. Puis la forêt s'est ouverte sur une panoplie de cultures et de jardins, un chemin longeait un étang semé de lotus, des prairies plantées de graminées blanches et transpercées de soleil. Sur un banc au milieu des kakis tombés, face à la cabane aux douze plaqueminiers, je l'ai embrassée et elle s'est laissé faire. Nous sommes restés silencieux

face au modeste pavillon où avait séjourné un disciple de Ba Sho. On disait que le Maître lui-même y avait composé quelques poèmes. La légende voulait aussi qu'un de ses locataires, poète lui aussi, l'ait fui dès sa première nuit, réveillé par le vent et le bruit mat de tous les fruits s'écrasant sur le sol au même instant. Aux aurores ils jonchaient la terre et les branches des douze arbres étaient tout à fait nues. La veille au soir des centaines de kakis les décoraient encore. Le poète avait fait ses valises en vitesse, effrayé par ce mauvais présage. Hiromi a caressé ma joue. Ses mains, sa bouche, son visage, tout en elle était d'une douceur insensée, tout aurait dû me rendre à moitié dingue, mais je n'étais plus assez vivant pour ça, j'avais encore une ombre mais c'était tout ce qu'il restait de moi. Je n'avais plus d'énergie que pour des éclats, des fragments épars, un baiser, un battement de cœur, une étreinte volée au néant.

– C'était bien, mais c'est trop tard maintenant, a-t-elle dit. J'ai attendu ça pendant deux mois. C'est trop tard maintenant. J'ai rencontré quelqu'un. Je voulais te le dire. C'est pour ça que je t'ai donné rendez-vous aujourd'hui. Pour te dire que j'avais rencontré quelqu'un mais que ça ne changeait rien. Qu'on pouvait continuer comme avant.

À se voir autant. Peut-être moins, pour être honnête, mais non, ça ne change rien.

Nous nous sommes levés et nous avons repris notre route à travers Sagano, ses rues de maisons basses couronnées de collines, ses boutiques de poteries, d'objets taillés dans le bambou, de vêtements et de jouets anciens, ses longs escaliers de pierre montant vers des temples cachés et méconnus, des cimetières planqués sous les grands arbres. Hiromi me jetait des coups d'œil inquiets, elle craignait de m'avoir blessé. Je l'ai rassurée, je lui ai dit la vérité : j'étais soulagé au contraire, je n'avais rien à lui offrir de plus que ce baiser, ma tristesse de mort-vivant, ma sombre compagnie. Elle passait trop de temps avec moi, j'aimais cela mais elle était bien trop jeune pour perdre ses heures précieuses auprès d'un type dans mon genre, à moitié alcoolique et dérivant dans le monde comme une feuille morte sur l'eau d'un fleuve. Elle a haussé les épaules et m'a lancé un regard noir. « Ne me dis pas ce que je dois faire. Ni qui je dois aimer et comment. C'est mon affaire. » Le chemin s'élevait vers l'Adashino-nenbutsuji, ses mille bouddhas de pierre sous les érables, depuis notre dernière venue d'autres jouets avaient été déposés dans l'autel dédié à Jizô : une peluche

Hello Kitty et un Totoro mécanique. J'ai sorti de ma poche une barrette décorée d'une fleur de tissu. Nous l'avions achetée à O'Hara, quittant les temples et leurs petites statues éparpillées dans la mousse, le restaurant zen et ses boîtes laquées que Chloé réquisitionnait pour y coucher ses figurines, le pin vieux de huit cents ans face auquel nous ne nous lassions jamais de somnoler, sirotant le matcha mêlé au goût des haricots rouges en gâteaux, les machiya encerclant les champs et les rizières, leurs fenêtres entrouvertes laissant deviner l'écru des tatamis, des parois coulissantes de bois clair et de papier tendu, des vies calmes et minutieuses. J'ai déposé la barrette parmi les autres présents. Hiromi m'a serré dans ses bras, je devais faire deux fois son poids et la dépassait d'au moins vingt centimètres mais à cet instant précis, c'était elle qui me protégeait.

Nous avons regagné le jardin des statues, j'ai pensé à Nino Ferrer et à Kinou, j'ai pensé à Marie et j'ai fredonné malgré moi : *Voilà / C'est le moment / tu t'en vas / Vers une autre vie dont tu ne sais rien encore / Sauf que c'est / Tellement loin / Même si c'est / À côté du jardin des statues / Où court l'enfant qu'on n'a pas eu / Parmi les souvenirs de l'amour / De notre amour / Kinou…* Un homme est passé près de

nous. Très grand et très maigre. Et sans doute aussi très vieux. Il tenait sous le bras une natte roulée, et dans ses mains un long chapelet de perles translucides. Il s'est dirigé droit vers le grand bouddha qui dominait tous les autres, beaucoup plus petits et naïfs. Les mains tremblantes il a passé le collier autour du cou de la statue, puis lui a baisé le front. Il s'est tenu longtemps face à lui les mains jointes. Au-dessus des vallons le soleil enflammait les premiers arbres et la lumière déclinait. L'homme a déroulé son rectangle de paille de riz sur le sol de cailloux gris. Puis il y a étendu son corps. Les yeux fermés il m'a semblé qu'il n'attendait pas que le sommeil. Les yeux clos les membres raides dans la nuit tombante il m'a semblé qu'il attendait la mort. Nous avons quitté les lieux sous le regard éternellement serein du bouddha veillant sur le vieil homme. Lorsque nous avons gagné les premiers bambous il faisait tout à fait noir. Hiromi a pris ma main et je l'ai laissée me guider. J'étais prêt à me perdre.

Kyoto Style

Les galeries marchandes se vidaient doucement. Des types y circulaient en vélo tandis qu'on éteignait les vitrines. Face à la boutique de sport où l'on trouvait des maillots du Barça, d'Arsenal, de l'Inter et même de l'OL, jouxtant le poste de police où un agent renseignait les touristes, le sanctuaire tremblait dans la lueur des bougies. Des dizaines de Jizô de feutre gris et rouge pendaient à des crochets. Chloé en avait réclamé un à l'époque, je l'avais cloué au-dessus de son lit à Paris, entre un masque Hello Kitty, une guirlande de hiboux et une poupée de papier. Un jour il était tombé de son clou. J'avais eu beau fouiller la chambre de fond en comble, déplacer les meubles, il était demeuré introuvable. C'est dommage, avait commenté Chloé d'une voix inquiète. Il me protégeait. Mais nous aussi on te protège, l'avait rassurée Marie. Quelques mois plus tard, au moment de vider l'appartement, j'avais attendu en vain qu'il ressurgisse du fond d'un tiroir, du dessous d'une

commode, d'une de ces boîtes où Chloé fourrait ses jouets épars. Mais il avait fallu se rendre à l'évidence, il avait quitté la maison pour de bon et Chloé avait vu juste.

J'ai regagné la galerie centrale, elle couvrait Sanjo Dori sur deux cents ou trois cents mètres, puis la rue reprenait sa course à ciel ouvert, fendait la ville jusqu'à ses lisières, y marchant pendant des heures on finissait à Arashiyama où elle se cognait aux montagnes. À cet endroit précis s'agrégeaient quelques boutiques de créateurs, des galeries d'art ou de design, deux ou trois cafés branchés, mais ça n'allait pas bien loin, un Marais miniature, des Abbesses minuscules constellées d'enseignes lumineuses et de néons. Quelques artistes ou prétendus tels passaient là le plus clair de leur temps, des dessinateurs ou des musiciens pour la plupart, on les reconnaissait à leurs tenues soignées et très légèrement excentriques, j'aimais me fondre à eux et boire à leurs côtés, ils étaient de bonne humeur et portés sur l'alcool, certains me souriaient et m'invitaient à me joindre à eux, m'adressaient quelques mots dont je ne saisissais pas le sens, il m'arrivait de m'assoupir au milieu des voix entremêlées. J'ai descendu les quelques marches qui menaient au Café Indépendant. Poussant la porte j'ai cherché

Hiromi du regard mais elle n'était pas là, je la voyais moins ces temps-ci mais elle n'avait pas menti : rien n'avait changé entre nous, la veille encore à Kurama, nous étions montés vers le ciel sans prononcer le moindre mot, les mains nouées, rivés aux arbres immenses, saoulés d'azur et de lumière. J'ignore ce qu'elle avait à gagner à m'accompagner ainsi, je lui parlais parfois de Chloé, de Marie, elle m'interrogeait sur mes livres, je lui répondais comme s'ils avaient été écrits par un autre, comme si ceux auxquels je disais travailler ne me concernaient plus qu'à la marge. Je me suis installé au fond de la salle, tout près du bar au pied duquel sinuait un serpent de mosaïque. Au comptoir une femme en kimono buvait un café au lait, les yeux dans le vague. Elle avait relevé ses cheveux en un chignon qui laissait sa nuque à découvert. Je l'ai tout de suite reconnue. Parmi les jeunes gens en jean et tee-shirt, pour la plupart coiffés de bonnets ou de chapeaux, au milieu des rires et des conversations, des verres entrechoqués, des odeurs de bière et de vodka, de la musique et des infrabasses, elle m'a paru aussi absente et déplacée que je l'étais moi-même. Elle buvait à petites gorgées, sans jeter le moindre regard aux alentours, et semblait n'attendre personne. Je l'avais croisée plus tôt dans

la journée, elle trottait un peu triste dans les jardins du Ryoan-ji. Plantés dans l'étang des tuteurs gros comme des troncs soutenaient des arbres penchés. Elle fixait les nénuphars et les lotus, éteinte et hagarde. Personne n'était venu la rejoindre là-bas non plus. Pour qui s'était-elle vêtue ainsi ? Pour quelle occasion ? Partout l'on croisait des couples vêtus de la sorte, célébrant leur anniversaire ou autre chose, ou bien c'étaient des groupes de trois ou quatre filles, au matin elles entraient dans des boutiques où on leur louait des tissus somptueux, piquaient des fleurs dans leurs cheveux, s'achetaient des pochettes assorties, chaussaient des soques de bois qui claquaient dans les allées des temples, les rues marchandes du centre-ville, les abords du canal, ainsi parées elles sillonnaient les jardins, élégantes et gaies, faisant halte dans un salon de thé où elles s'offraient un dessert Kyoto Style, attentives au moindre de leurs gestes, se recoiffant dans le reflet des miroirs portatifs, un peu maladroites et empruntées, se photographiant à l'aide de leurs téléphones portables, s'observant à la dérobée dans le reflet des vitrines. Mais à part de vieux messieurs vêtus de noir, m'évoquant des fantômes surgis du passé ou d'un livre de Natsume Soseki, qui se vêtait ainsi pour aller seul dans les rues et les temples ?

Qui et pour quels motifs ? Elle a reposé sa tasse avant de tourner le regard vers moi. Elle avait ces yeux vides et usés que j'avais entrevus sur la longue terrasse du temple plus tôt dans l'après-midi, nous étions une dizaine à contempler le tracé parfait du jardin zen, ses sept îles dressées au milieu des cailloux blancs et ratissés, ses jeux de lignes brisées aux confins de cercles parfaits. Sobre et aride, privée de la moindre végétation, la composition s'étendait en rectangle le long d'un mur décati, elle constituait l'aboutissement le plus absolu du genre, un idéal, une épure. Le soleil l'éclairait à l'aveugle. Je m'étais laissé hypnotiser, les yeux brûlés et le cœur sec. Soudain elle avait sauté de la terrasse, s'était allumé une cigarette et s'était mise à marcher dans le jardin, insouciante et sautant d'île en île, dérangeant l'ordonnancement parfait des graviers, provoquant un mouvement d'effroi. Des cris avaient fusé, des hurlements outrés, des insultes. Deux types au crâne rasé et habillés de samues sombres s'étaient précipités, le visage défiguré par la stupéfaction et l'indignation. Ils l'avaient saisie et brutalement ramenée sur la terre ferme. Puis sans attendre ils avaient attrapé des râteaux et entrepris de réparer les dégâts. Malgré la colère leurs gestes étaient très calmes et précis. Tout le

monde les regardait en silence, religieusement, le souffle coupé, attendant qu'à nouveau la beauté parfaite triomphe du chaos. Plus personne ne se souciait de la femme en kimono, tout le monde semblait l'avoir oubliée à part moi. Je suis parti à sa recherche, j'ai quitté la terrasse puis le temple, arpenté les jardins jonchés de statues courant sous les arbres, fait le tour de l'étang, me suis enfoncé dans les rues pavillonnaires menant au temple d'or, dont on disait qu'un moine devenu fou l'avait incendié, mais elle n'était nulle part, elle s'était évaporée, comme tant de choses avant elle.

– Pourquoi vous avez fait ça tout à l'heure ? lui ai-je demandé.

Elle m'a regardé sans comprendre. J'ai répété ma phrase en anglais mais aucun de mes mots n'a paru atteindre son cerveau. Elle m'a lancé une parodie de sourire et s'est dirigée vers les toilettes. J'ai commandé un whisky, puis un autre, à l'autre bout de la salle un DJ enchaînait Catpower et PJ Harvey, Tindersticks et Bonnie Prince Billy, les chansons défilaient comme les années, Marie fumant dans le salon aux murs jaunis et penchés, fredonnant debout une cigarette à la main, esquissant parfois un pas de danse, tandis que j'écrivais à la table

acajou. Tout ce temps j'ai guetté son retour. Mais elle n'est jamais revenue. J'ai fini par alerter la serveuse. Ensemble nous avons frappé à la porte, secoué la poignée. Elle est allée chercher son passe, a fait tourner le verrou. Je m'attendais à la découvrir à terre, évanouie, ou bien assise sur la cuvette et pleurant le visage caché dans ses mains. Mais nous n'avons trouvé personne. La serveuse m'a lancé un regard étonné, elle non plus n'y comprenait rien. Nous avons eu beau examiner la pièce nous n'y avons pas décelé la moindre issue.

Quand je suis sorti du café il faisait nuit. Je me suis perdu longtemps dans le dédale des ruelles bourrées de restaurants et de bars, je marchais au hasard en traquant sa silhouette. À Gion ce furent des geishas qui surgirent de la pénombre comme des fantômes, des apparitions. Mais ce soir-là je ne l'ai pas recroisée. Je ne l'ai revue qu'aux premiers froids. Elle portait le même kimono et dînait seule au comptoir d'un restaurant de grillades. Ses lèvres s'agitaient sans qu'aucun son en sorte jamais. À un moment elle a laissé son assiette et s'est dirigée vers l'étage. Elle n'en est jamais redescendue. Son sac à main était pendu à sa chaise. Je l'ai tendu au serveur. Il l'a ouvert puis a haussé les épaules. Il ne contenait qu'un peu d'air.

Villa triste

L'hiver avait vidé Kyoto de ses touristes. Pendant trois semaines ils avaient afflué pour admirer la rougeur des érables, hanter les temples à la nuit tombée, d'énormes projecteurs plantés au pied des arbres braquaient les feuilles en une palette irréelle, soulignaient la fluidité des bambous, pointes vert fluo fichées dans le ciel mauve. Dans les jardins du Kodai-ji, de l'Eikan-do, les étangs se muaient en miroirs parfaits, les escaliers de pierre éclairés à la lanterne semblaient mener à des lieux magiques et sacrés. À O'Hara, Arashiyama, Kurama ou Sagano, au pied d'Higashiyama, la beauté des jardins, des forêts, des montagnes, la campagne laineuse vous serraient les cœurs sans raison valable. Hiromi m'accompagnait de temps en temps dans mes visites, elle les faisait elle-même chaque année, n'y avait jamais manqué, disait ne jamais s'en être lassée, malgré la foule et les parcours obligatoires, les groupes rivés à une fille en imperméable et munie d'un drapeau, la queue aux guichets. Certains

endroits sont irréductibles à leur propre cliché, disait-elle. Comme Rome. Comme Venise. Ils l'incluent mais le dépassent. Le Kyoto des érables rouges et des cerisiers en fleur en faisait partie. Puis le froid était tombé et les temples s'étaient vidés peu à peu. Je ne changeais rien à mes itinéraires. J'avais payé six mois de loyer supplémentaires, la maison était à moi jusqu'aux beaux jours, quelque chose me disait qu'alors rien ne m'obligerait à partir avant longtemps, rien ne m'y inciterait même. Je n'avais nulle part où aller. Cette ville était mon cerveau. Le matin me trouvait douloureux et hagard, encore ivre. Je montais sur la terrasse pour scruter le ciel, les oiseaux frôlant les arbres, l'enchevêtrement des lignes électriques, les maisons serrées les unes contre les autres, aux toitures dépareillées. J'y buvais trois bols de thé vert pour dessaouler. Une fois la maison quittée, un labyrinthe miniature me menait au canal que longeait le Chemin des philosophes. J'avais beau l'emprunter dix fois par jour je ne me lassais pas de ce parcours. Ce n'étaient pourtant que des rues étroites et bordées de pavillons. Ce n'était pourtant qu'un chemin de terre pavé longeant un cours d'eau. Mais il émanait de ce lieu tant de grâce et de douceur. C'était inexplicable, aucun

film, aucune photographie ne pouvait en rendre compte. Cela tenait aux parfums, à la texture de l'air, à la largeur du chemin, au bruit de l'eau, à chaque maison, chaque café, chaque boutique, chaque érable, chaque cerisier, chaque rue parallèle filant vers les collines boisées. Je m'y sentais protégé comme nulle part ailleurs, j'avais la sensation de nager dans une eau idéale et tiède. Je me laissais dériver jusqu'à son terme, marquant une halte au fond d'un café, flottant vers un temple minuscule, ouvert sur les arbres nus et rempli de silence. L'air frais et les tasses de saké que je sortais des poches de mon manteau m'aiguisaient. J'étais tout à fait nu et transparent, j'étais clair et délivré, je n'étais plus rien ni personne, longeant les murs d'enceinte de l'Eikan-do dont la pagode domine la ville, les écoles d'où sortaient des gamins en uniforme, le terrain de base-ball où ils se rendaient la batte à l'épaule, le Nanzen-ji et ses jardins somptueux, sa salle vitrée face à la cascade, où assis sur un long tapis rouge on pouvait boire un thé en regardant l'eau couler. Je marchais jusqu'au métro, Sanjo Dori filait vers la Kamo, la rivière fendait la ville en deux, traçait une ligne droite reliant les massifs qui encerclaient la vallée, nous retranchaient du monde, nous gardaient des menaces.

Au fond nous n'aurions jamais dû quitter Kyoto, me disais-je, rien ne nous exigeait ailleurs, et Paris était si dur et si froid. Non nous n'aurions jamais dû quitter Kyoto. Rien ne serait arrivé. Rien ne se serait produit. Nous y marcherions encore, nous tenant la main en guirlande, sillonnant la ville sans but ni contrainte, heureux d'être ensemble et de respirer.

Cette fois je n'ai pas plongé vers le cœur de la ville, les berges sablonneuses, Kyamashi et ses enfilades de restaurants étroits donnant sur le canal, les galeries marchandes interminables et les trottoirs protégés de la pluie par un auvent le long des grands magasins. Je n'ai pas non plus longé les collines jusqu'aux prochains temples, le Shoren-in et ses camphriers frissonnants, le Chion-in et sa vaste salle de prière, lourdes poutres de bois, grand bouddha doré, parfum de bois et d'encens, hypnose des sutras rythmés par le kyo-daiko, le parc Murayama et ses corbeaux posés en grappes aux branches nues des cerisiers, le Kodai-ji et ses bouquets de bambous, érables et pins en reflet parfait à la surface de l'étang, la pagode puis les rues anciennes menant au Kyomizu-dera. Je n'ai pas marché non plus jusqu'au quartier des musées, l'immense tori rouge signalant l'entrée

du sanctuaire Heian, son jardin aux cerisiers pleureurs et le long pont couvert où nous avions passé tant d'heures à nourrir carpes et tortues Chloé et moi. Non. Pour la première fois depuis mon arrivée ici, j'ai pris le chemin étroit s'enfonçant parmi les arbres, j'ai refait ce parcours que j'avais craint jusqu'alors, dont j'avais redouté qu'il ne me submerge et m'engloutisse. D'abord la large voie ferrée livrée aux herbes hautes, où ne passait plus aucun train depuis combien d'années. Puis le bassin et ses installations métalliques et rouges, grande roue plantée sous des arbres mangés de lianes comme de longs cheveux, lourds battants de l'écluse, square comme à l'abandon, toboggan balançoire et agrès bleus rongés par la rouille, chaque jour pendant les six mois que nous avions passés là il fallait s'arrêter, fumer une cigarette tandis qu'elle jouait, même sous la pluie, même les derniers temps quand il faisait si froid, pris dans la neige et le givre. Puis c'étaient des rues en épingles et semées de maisons blotties dans les bois, des micro-vallées de fougères où courait un ruisseau, un assortiment de rosiers rugosa, de camélias et d'azalées. Parfois de minuscules voitures se faufilaient, plus souvent des scooters, on finissait au pied de la villa, les appartements la terrasse dominant

駐車禁止

la ville et cernée de bambous. C'est là que nous avions vécu tous les trois, six mois comme des Indiens, ne croisant presque personne, évitant de croiser quiconque mais ce n'était pas bien difficile, c'était une villa où résidaient d'autres artistes et chacun était occupé à ses travaux, ses pérégrinations, ses rendez-vous. Six mois en suspension et comme allégés, comme échappant soudain à la pesanteur, six mois enfuis, le cerveau net et le cœur régulier. Six mois à parcourir la ville et ses environs, à prendre des métros des trains des bus, à traquer le moindre jardin, le moindre temple, la moindre ruelle, le moindre village, six mois à vérifier, à tout reconnaître, à tenter de comprendre ce qui nous allait si bien ici, à tenter de comprendre pourquoi nous étions si bien accordés, la ville et nous. Six mois soudés, comme assoiffés les uns des autres, alors que nous ne nous quittions jamais même à Paris. Pourtant c'était un cadeau du ciel ce temps qui nous était offert, et la beauté et les montagnes, je me goinfrais de Marie, de Chloé, j'avais la sensation confuse de soudain les retrouver après les avoir perdues un peu. Six mois les plus beaux de notre vie, nous le savions déjà tandis que nous les vivions, nous l'avons su plus encore quand Chloé nous a quittés et dans son sillage nous a projetés

hors du monde, à un autre étage, nus et hagards, tremblant de froid et perdus dans une nuit sans fin, pareils à des têtards aveugles.

Je suis entré dans la villa. Tout était silencieux, l'ascenseur s'ouvrait sur un jeu de verre et de béton, l'odeur m'a pris à la gorge, c'était l'odeur intacte d'un passé à la fois enfoui et omniprésent, ici plus que nulle part il s'affichait en surimpression à chacun de mes pas. Je ne me suis pas dirigé vers le coin des bureaux, j'ai poussé la porte de la grande salle. Le piano en occupait le centre, et la lumière se déposait sur le parquet blond, filtrée par la fenêtre en demi-lune. Je n'ai pas posé mes mains sur le clavier, je n'ai pas songé à Chloé dansant là et entraînant sa mère tandis que je jouais, je n'ai pas laissé ces souvenirs s'infiltrer et m'abattre, je les ai tenus en respect, tout au fond de mon crâne. Je suis sorti de la salle avant qu'ils ne me rattrapent, j'ai grimpé les marches jusqu'aux appartements. J'ai collé mon oreille au numéro 1. Aucun son ne m'est parvenu. J'ai abaissé la poignée. La porte s'est ouverte. Le salon était parfaitement rangé. C'était le même bureau noir donnant sur la fenêtre, la même table basse en verre et les deux mêmes fauteuils de velours vert usé. L'escalier grimpant vers la mezzanine, le lit au cadre de bois clair.

La moquette vert émeraude et les fenêtres en verre dépoli. Quelques livres traînaient près d'un ordinateur éteint. Des romans d'Osamu Dazai. *Soleil couchant. Pays natal. La Déchéance d'un homme. La Femme de Villon.* J'ai songé un instant à son suicide manqué, une corde le nouait à une jeune serveuse tokyoïte, ils avaient sauté ensemble dans la mer à Kamakura, lui seul s'en était sorti. Qui de Marie et moi s'en était sorti ? Qui s'en sortirait un jour ? Ni l'un ni l'autre me semblait-il. Mais nous étions condamnés à ne pas sombrer ensemble, plus aucune corde ne nous rivait l'un à l'autre, je n'avais plus la moindre nouvelle. Soudain j'ai eu envie de l'entendre, j'ai eu besoin de l'entendre. De vérifier qu'elle était toujours là. Séparée de moi, morte à l'intérieur mais toujours vivante, dans son appartement de bord de mer, dans cette villa triste et découpée en trois pièces, au creux d'une station déserte dix mois sur douze mais taillée pour l'été, comme flottant dans ses propres vêtements. J'ai décroché le téléphone, composé son numéro. À l'instant où sa voix m'est parvenue, la porte du studio s'est ouverte. Pris de panique j'ai raccroché et me suis retourné.

– C'est qui le monsieur ? a fait la petite fille lovée entre ses deux parents.

– Eh bien, c'est Simon Steiner. Mais je ne sais pas ce qu'il fait là.

Le type me souriait franchement, j'ai mis quelques secondes à mettre un nom sur son visage. Nous nous étions croisés à deux ou trois reprises à l'époque de nos premiers romans respectifs, et puis après plus du tout. On parlait souvent de lui dans les journaux, de moi aussi, mais tout se passait comme si nos parcours étaient devenus parallèles, faisant paraître nos livres au même rythme et aux mêmes périodes, concourant pour les mêmes prix, arpentant les mêmes studios de radio les mêmes plateaux de télévision mais sans nous rencontrer jamais. Je me suis justifié comme j'ai pu, je lui ai parlé de mon séjour ici dans ce même appartement, avec ma compagne et ma fille, de mon envie de revoir les lieux où nous avions vécu, je me suis excusé et il a paru comprendre. Sa femme semblait moins convaincue. « Quand même on n'entre pas comme ça chez les gens », répétait-elle entre ses dents. Je les ai regardés tous les trois. L'écrivain sa compagne et leur petite fille au Japon. Insouciants. Légers. Rayonnants. C'est difficile à expliquer mais je les ai haïs, j'ai eu la sensation qu'ils m'avaient volé ma vie et qu'ils refusaient de me la rendre. Je suis sorti de l'appartement sans un mot et j'ai

quitté la villa par la terrasse. La ville s'écoulait en contrebas, la roue du zoo tournait sur elle-même, le grand tori de l'Heian Shrine attrapait la lumière. J'ai pris les rues montantes, elles débouchaient sur le cœur vert des forêts, se cognaient à des marches gardées par des lanternes rongées par le lichen. Au milieu des arbres plantés dans le ciel s'éparpillaient les éléments du sanctuaire, structures de bois sombre surmontées d'épais toits de chaume. Tout autour la montagne ruisselait de vert, d'orange et de rouge, d'oiseaux et d'insectes. Je me suis assis au milieu du complexe, à deux pas du plan d'eau, les nénuphars le couvraient, quelques claquements mats signalaient des carpes. Combien d'heures avions-nous passées là, trois ans plus tôt, protégés par les arbres immenses, dans le silence animal, Marie remplissait ses carnets de croquis, dessinait l'endroit sous tous les angles, je fermais les yeux face au soleil, Chloé lançait des cailloux dans l'eau, filait des miettes de gâteau aux poissons, tentait de grimper dans les arbres, en attendant l'arrivée d'Amane, une gamine de son âge qui vivait à quelques mètres de là et accompagnait sa mère chaque jour ou presque. Feuille pierre ciseaux. Élastiques. Billes. Corde à sauter. Pierres soulevées découvrant des grouillements minuscules.

Figurines sorties d'un sac et vivant leurs aventures parmi les fougères. C'était une cour de récréation veillée par les esprits, hantée par le vent, habitée par la prière. C'était sa véritable demeure, son royaume me semblait-il. C'était là qu'elle reposait vraiment. Ça m'est apparu comme une évidence, baignée de larmes et de lumière. J'ai allumé une cigarette, la gorge nouée. J'ai regardé autour de moi et à ce moment précis j'ai su. J'ai su que je ne remettrais jamais les pieds en France. J'ai su que je ne quitterais plus jamais Kyoto ni Chloé. Je me suis approché d'un autel. J'ai fait tinter la cloche. Lancé trois pièces. Et j'ai prié pour que Marie nous rejoigne un jour.

Merci à
Jean-Paul Ollivier, directeur
de la villa Kujoyama
et de l'Institut franco-japonais
du Kansai à Kyoto,
à ses collaboratrices :
Arata Okano et Masako Kotera,
ainsi qu'à
Cultures France

Merci aussi, bien sûr,
à Emmanuelle Vial
qui a accueilli ce projet à bras ouverts
et nous a permis de le mener à son terme.

AUTRES OUVRAGES
D'OLIVIER ADAM

Romans et nouvelles

Je vais bien, ne t'en fais pas…
Le Dilettante, 2000
et « Pocket », n° 11109

À l'ouest
Éditions de l'Olivier, 2001
et « Pocket », n° 11676

Poids léger
Éditions de l'Olivier, 2002
et « Points », n° P1150

Passer l'hiver
Bourse Goncourt de la nouvelle
Éditions de l'Olivier, 2004
et « Points », n° P1364

Falaises
Éditions de l'Olivier, 2005
et « Points », n° P1511

À l'abri de rien
Prix France Télévisions 2007
Éditions de l'Olivier, 2007
et « Points », n° P1975

Des vents contraires
Éditions de l'Olivier, 2009
et « Points », n° P2307

Le Cœur régulier
Éditions de l'Olivier, 2010

Livres pour la jeunesse

On ira voir la mer
L'École des loisirs, 2002

La Messe anniversaire
L'École des loisirs, 2003

Sous la pluie
L'École des loisirs, 2004

Comme les doigts de la main
L'École des loisirs, 2005

Le jour où j'ai cassé
le château de Chambord
L'École des loisirs, 2005

Ni vu, ni connu
L'École des loisirs, 2009

Les Boulzoreilles
Seuil Jeunesse, 2010

RÉALISATION : PAO ÉDITIONS DU SEUIL
IMPRESSION : IME À BAUME-LES-DAMES
DÉPÔT LÉGAL : OCTOBRE 2010. N° 100557 (00000)
Imprimé en France

La première imprimerie en France titulaire de :

Éditions Points

DERNIERS TITRES PARUS

P2246. Avortement et Contraception
S. Veil, L. Neuwirth
P2247. Les Casseurs et l'Insécurité
F. Mitterrand et M. Rocard, N. Sarkozy
P2248. La Mère de ma mère, *Vanessa Schneider*
P2249. De la vie dans son art, de l'art dans sa vie
Anny Duperey et Nina Vidrovitch
P2250. Desproges en petits morceaux. Les meilleures citations
Pierre Desproges
P2251. Dexter I, II, III, *Jeff Lindsay*
P2252. God's pocket, *Pete Dexter*
P2253. En effeuillant Baudelaire, *Ken Bruen*
P2254. Meurtres en bleu marine, *C.J. Box*
P2255. Le Dresseur d'insectes, *Arni Thorarinsson*
P2256. La Saison des massacres, *Giancarlo de Cataldo*
P2257. Évitez le divan
Petit guide à l'usage de ceux qui tiennent à leurs symptômes
Philippe Grimbert
P2258. La Chambre de Mariana, *Aharon Appelfeld*
P2259. La Montagne en sucre, *Wallace Stegner*
P2260. Un jour de colère, *Arturo Pérez-Reverte*
P2261. Le Roi transparent, *Rosa Montero*
P2262. Le Syndrome d'Ulysse, *Santiago Gamboa*
P2263. Catholique anonyme, *Thierry Bizot*
P2264. Le Jour et l'Heure, *Guy Bedos*
P2265. Le Parlement des fées
I. L'Orée des bois, *John Crowley*
P2266. Le Parlement des fées
II. L'Art de la mémoire, *John Crowley*
P2267. Best-of Sarko, *Plantu*

P2268. 99 Mots et Expressions à foutre à la poubelle
Jean-Loup Chiflet
P2269. Le Baleinié. Dictionnaire des tracas
Christine Murillo, Jean-Claude Leguay, Grégoire Œstermann
P2270. Couverture dangereuse, *Philippe Le Roy*
P2271. Quatre Jours avant Noël, *Donald Harstad*
P2272. Petite Bombe noire, *Christopher Brookmyre*
P2273. Journal d'une année noire, *J.M. Coetzee*
P2274. Faites vous-même votre malheur, *Paul Watzlawick*
P2275. Paysans, *Raymond Depardon*
P2276. Homicide special, *Miles Corwin*
P2277. Mort d'un Chinois à La Havane, *Leonardo Padura*
P2278. Le Radeau de pierre, *José Saramago*
P2279. Contre-jour, *Thomas Pynchon*
P2280. Trick Baby, *Iceberg Slim*
P2281. Perdre est une question de méthode
Santiago Gamboa
P2282. Le Rocher de Montmartre, *Joanne Harris*
P2283. L'Enfant du Jeudi noir, *Alejandro Jodorowsky*
P2284. Lui, *Patrick Besson*
P2285. Tarabas, *Joseph Roth*
P2286. Le Cycliste de San Cristobal, *Antonio Skármeta*
P2287. Récit des temps perdus, *Aris Fakinos*
P2288. L'Art délicat du deuil
Les nouvelles enquêtes du juge Ti (vol. 7)
Frédéric Lenormand
P2289. Ceux qu'on aime, *Steve Mosby*
P2290. Lemmer, l'invisible, *Deon Meyer*
P2291. Requiem pour une cité de verre, *Donna Leon*
P2292. La Fille du Samouraï, *Dominique Sylvain*
P2293. Le Bal des débris, *Thierry Jonquet*
P2294. Beltenebros, *Antonio Muñoz Molina*
P2295. Le Bison de la nuit, *Guillermo Arriaga*
P2296. Le Livre noir des serial killers, *Stéphane Bourgoin*
P2297. Une tombe accueillante, *Michael Koryta*
P2298. Roldán, ni mort ni vif, *Manuel Vásquez Montalbán*
P2299. Le Petit Frère, *Manuel Vásquez Montalbán*
P2300. Poussière d'os, *Simon Beckett*
P2301. Le Cerveau de Kennedy, *Henning Mankell*
P2302. Jusque-là… tout allait bien !, *Stéphane Guillon*
P2303. Une parfaite journée parfaite, *Martin Page*
P2304. Corps volatils, *Jakuta Alikavazovic*

P2305. De l'art de prendre la balle au bond
Précis de mécanique gestuelle et spirituelle
Denis Grozdanovitch
P2306. Regarde la vague, *François Emmanuel*
P2307. Des vents contraires, *Olivier Adam*
P2308. Le Septième Voile, *Juan Manuel de Prada*
P2309. Mots d'amour secrets.
100 lettres à décoder pour amants polissons
Jacques Perry-Salkow, Frédéric Schmitter
P2310. Carnets d'un vieil amoureux, *Marcel Mathiot*
P2311. L'Enfer de Matignon, *Raphaëlle Bacqué*
P2312. Un État dans l'État. Le contre-pouvoir maçonnique
Sophie Coignard
P2313. Les Femelles, *Joyce Carol Oates*
P2314. Ce que je suis en réalité demeure inconnu, *Virginia Woolf*
P2315. Luz ou le temps sauvage, *Elsa Osorio*
P2316. Le Voyage des grands hommes, *François Vallejo*
P2317. Black Bazar, *Alain Mabanckou*
P2318. Les Crapauds-brousse, *Tierno Monénembo*
P2319. L'Anté-peuple, *Sony Labou Tansi*
P2320. Anthologie de poésie africaine,
Six poètes d'Afrique francophone, *Alain Mabanckou (dir.)*
P2321. La Malédiction du lamantin, *Moussa Konaté*
P2322. Green Zone, *Rajiv Chandrasekaran*
P2323. L'Histoire d'un mariage, *Andrew Sean Greer*
P2324. Gentlemen, *Klas Östergren*
P2325. La Belle aux oranges, *Jostein Gaarder*
P2326. Bienvenue à Egypt Farm, *Rachel Cusk*
P2327. Plage de Manacorra, 16 h 30, *Philippe Jaenada*
P2328. La Vie d'un homme inconnu, *Andreï Makine*
P2329. L'Invité, *Hwang Sok-yong*
P2330. Petit Abécédaire de culture générale
40 mots-clés passés au microscope, *Albert Jacquard*
P2331. La Grande Histoire des codes secrets, *Laurent Joffrin*
P2332. La Fin de la folie, *Jorge Volpi*
P2333. Le Transfuge, *Robert Littell*
P2334. J'ai entendu pleurer la forêt, *Françoise Perriot*
P2335. Nos grand-mères savaient
Petit dictionnaire des plantes qui guérissent, *Jean Palaiseul*
P2336. Journée d'un opritchnik, *Vladimir Sorokine*
P2337. Cette France qu'on oublie d'aimer, *Andreï Makine*
P2338. La Servante insoumise, *Jane Harris*
P2339. Le Vrai Canard, *Karl Laske, Laurent Valdiguié*

P2340. Vie de poète, *Robert Walser*
P2341. Sister Carrie, *Theodore Dreiser*
P2342. Le Fil du rasoir, *William Somerset Maugham*
P2343. Anthologie. Du rouge aux lèvres. Haïjins japonaises. Haïkus de poétesses japonaises du Moyen Age à nos jours
P2344. Poèmes choisis, *Marceline Desbordes-Valmore*
P2345. « Je souffre trop, je t'aime trop », Passions d'écrivains *sous la direction de Olivier et Patrick Poivre d'Arvor*
P2346. « Faut-il brûler ce livre ? », Écrivains en procès *sous la direction de Olivier et Patrick Poivre d'Arvor*
P2347. À ciel ouvert, *Nelly Arcan*
P2348. L'Hirondelle avant l'orage, *Robert Littell*
P2349. Fuck America, *Edgar Hilsenrath*
P2350. Départs anticipés, *Christopher Buckley*
P2351. Zelda, *Jacques Tournier*
P2352. Anesthésie locale, *Günter Grass*
P2353. Les filles sont au café, *Geneviève Brisac*
P2354. Comédies en tout genre, *Jonathan Kellerman*
P2355. L'Athlète, *Knut Faldbakken*
P2356. Le Diable de Blind River, *Steve Hamilton*
P2357. Le doute m'habite. Textes choisis et présentés par Christian Gonon *Pierre Desproges*
P2358. La Lampe d'Aladino et autres histoires pour vaincre l'oubli *Luis Sepúlveda*
P2359. Julius Winsome, *Gerard Donovan*
P2360. Speed Queen, *Stewart O'Nan*
P2361. Dope, *Sara Gran*
P2362. De ma prison, *Taslima Nasreen*
P2363. Les Ghettos du Gotha. Au cœur de la grande bourgeoisie *Michel Pinçon et Monique Pinçon-Charlot*
P2364. Je dépasse mes peurs et mes angoisses *Christophe André et Muzo*
P2365. Afrique(s), *Raymond Depardon*
P2366. La Couleur du bonheur, *Wei-Wei*
P2367. La Solitude des nombres premiers, *Paolo Giordano*
P2368. Des histoires pour rien, *Lorrie Moore*
P2369. Déroutes, *Lorrie Moore*
P2370. Le Sang des Dalton, *Ron Hansen*
P2371. La Décimation, *Rick Bass*
P2372. La Rivière des Indiens, *Jeffrey Lent*
P2373. L'Agent indien, *Dan O'Brien*
P2374. Pensez, lisez. 40 livres pour rester intelligent
P2375. Des héros ordinaires, *Eva Joly*

P2376. Le Grand Voyage de la vie.
Un père raconte à son fils
Tiziano Terzani
P2377. Naufrages, *Francisco Coloane*
P2378. Le Remède et le Poison, *Dirk Wittenbork*
P2379. Made in China, *J. M. Erre*
P2380. Joséphine, *Jean Rolin*
P2381. Un mort à l'Hôtel Koryo, *James Church*
P2382. Ciels de foudre, *C.J. Box*
P2383. Robin des bois, prince des voleurs, *Alexandre Dumas*
P2384. Comment parler le belge, *Philippe Genion*
P2385. Le Sottisier de l'école, *Philippe Mignaval*
P2386. « À toi, ma mère », Correspondances intimes
sous la direction de Olivier et Patrick Poivre d'Arvor
P2387. « Entre la mer et le ciel », Rêves et récits de navigateurs
sous la direction de Olivier et Patrick Poivre d'Arvor
P2388. L'Île du lézard vert, *Eduardo Manet*
P2389. « La paix a ses chances », *suivi de* « Nous proclamons la création d'un État juif », *suivi de* « La Palestine est le pays natal du peuple palestinien »
Itzhak Rabin, David Ben Gourion, Yasser Arafat
P2390. « Une révolution des consciences », *suivi de* « Appeler le peuple à la lutte ouverte »
Aung San Suu Kyi, Léon Trotsky
P2391. « Le temps est venu », *suivi de* « Éveillez-vous à la liberté », *Nelson Mandela, Jawaharlal Nehru*
P2392. « Entre ici, Jean Moulin », *suivi de* « Vous ne serez pas morts en vain », *André Malraux, Thomas Mann*
P2393. Bon pour le moral ! 40 livres pour se faire du bien
P2394. Les 40 livres de chevet des stars, The Guide
P2395. 40 livres pour se faire peur, Guide du polar
P2396. Tout est sous contrôle, *Hugh Laurie*
P2397. Le Verdict du plomb, *Michael Connelly*
P2398. Heureux au jeu, *Lawrence Block*
P2399. Corbeau à Hollywood, *Joseph Wambaugh*
P2400. Pêche à la carpe sous Valium, *Graham Parker*
P2401. Je suis très à cheval sur les principes, *David Sedaris*
P2402. Si loin de vous, *Nina Revoyr*
P2403. Les Eaux mortes du Mékong, *Kim Lefèvre*
P2404. Cher amour, *Bernard Giraudeau*
P2405. Les Aventures miraculeuses de Pomponius Flatus
Eduardo Mendoza
P2406. Un mensonge sur mon père, *John Burnside*

P2407. Hiver arctique, *Arnaldur Indridason*
P2408. Sœurs de sang, *Dominique Sylvain*
P2409. La Route de tous les dangers, *Kriss Nelscott*
P2410. Quand je serai roi, *Enrique Serna*
P2411. Le Livre des secrets. La vie cachée d'Esperanza Gorst *Michael Cox*
P2412. Sans douceur excessive, *Lee Child*
P2413. Notre guerre. Journal de Résistance 1940-1945 *Agnès Humbert*
P2414. Le jour où mon père s'est tu, *Virginie Linhart*
P2415. Le Meilleur de « L'Os à moelle », *Pierre Dac*
P2416. Les Pipoles à la porte, *Didier Porte*
P2417. Trois tasses de thé. La mission de paix d'un Américain au Pakistan et en Afghanistan *Greg Mortenson et David Oliver Relin*
P2418. Un mec sympa, *Laurent Chalumeau*
P2419. Au diable vauvert, *Maryse Wolinski*
P2420. Le Cinquième Évangile, *Michael Faber*
P2421. Chanson sans paroles, *Ann Packer*
P2422. Grand-mère déballe tout, *Irene Dische*
P2423. La Couturière, *Frances de Pontes Peebles*
P2424. Le Scandale de la saison, *Sophie Gee*
P2425. Ursúa, *William Ospina*
P2426. Blonde de nuit, *Thomas Perry*
P2427. La Petite Brocante des mots. Bizarreries, curiosités et autres enchantements du français, *Thierry Leguay*
P2428. Villages, *John Updike*
P2429. Le Directeur de nuit, *John le Carré*
P2430. Petit Bréviaire du braqueur, *Christopher Brookmyre*
P2431. Un jour en mai, *George Pelecanos*
P2432. Les Boucanières, *Edith Wharton*
P2433. Choisir la psychanalyse, *Jean-Pierre Winter*
P2434. À l'ombre de la mort, *Veit Heinichen*
P2435. Ce que savent les morts, *Laura Lippman*
P2436. István arrive par le train du soir, *Anne-Marie Garat*
P2437. Jardin de poèmes enfantins, *Robert Louis Stevenson*
P2438. Netherland, *Joseph O'Neill*
P2439. Le Remplaçant, *Agnès Desarthe*
P2440. Démon, *Thierry Hesse*
P2441. Du côté de Castle Rock, *Alice Munro*
P2442. Rencontres fortuites, *Mavis Gallant*
P2443. Le Chasseur, *Julia Leigh*
P2444. Demi-Sommeil, *Eric Reinhardt*

P2445. Petit déjeuner avec Mick Jagger, *Nathalie Kuperman*
P2446. Pirouettes dans les ténèbres, *François Vallejo*
P2447. Maurice à la poule, *Matthias Zschokke*
P2448. La Montée des eaux, *Thomas B. Reverdy*
P2449. La Vaine Attente, *Nadeem Aslam*
P2450. American Express, *James Salter*
P2451. Le lendemain, elle était souriante, *Simone Signoret*
P2452. Le Roman de la Bretagne, *Gilles Martin-Chauffier*
P2453. Baptiste, *Vincent Borel*
P2454. Crimes d'amour et de haine
Faye et Jonathan Kellerman
P2455. Publicité meurtrière, *Petros Markaris*
P2456. Le Club du crime parfait, *Andrés Trapiello*
P2457. Mort d'un maître de go.
Les nouvelles enquêtes du Juge Ti (vol. 8)
Frédéric Lenormand
P2458. Le Voyage de l'éléphant, *José Saramago*
P2459. L'Arc-en-ciel de la gravité, *Thomas Pynchon*
P2460. La Dure Loi du Karma, *Mo Yan*
P2461. Comme deux gouttes d'eau, *Tana French*
P2462. Triste Flic, *Hugo Hamilton*
P2463. Last exit to Brest, *Claude Bathany*
P2464. Mais le fleuve tuera l'homme blanc, *Patrick Besson*
P2465. Lettre à un ami perdu, *Patrick Besson*
P2466. Les Insomniaques, *Camille de Villeneuve*
P2467. Les Veilleurs, *Vincent Message*
P2468. Bella Ciao, *Eric Holder*
P2469. Monsieur Joos, *Frédéric Dard*
P2470. La Peuchère, *Frédéric Dard*
P2471. La Saga des francs-maçons
Marie-France Etchegoin, Frédéric Lenoir
P2472. Biographie de Alfred de Musset, *Paul de Musset*
P2473. « Si j'étais femme ». Poèmes choisis
Alfred de Musset
P2474. Le Roman de l'âme slave, *Vladimir Fédorovski*
P2475. La Guerre et la Paix, *Léon Tolstoï*
P2476. Propos sur l'imparfait, *Jacques Drillon*
P2477. Le Sottisier du collège, *Philippe Mignaval*
P2478. Brèves de philo, *Laurence Devillairs*
P2479. La Convocation, *Herta Müller*
P2480. Contes carnivores, *Bernard Quiriny*
P2485. Pieds nus sur les limaces, *Fabienne Berthaud*
P2486. Le renard était déjà le chasseur, *Herta Müller*

P2487. La Fille du fossoyeur, *Joyce Carol Oates*
P2488. Vallée de la mort, *Joyce Carol Oates*
P2489. Moi tout craché, *Jay McInerney*
P2490. Toute ma vie, *Jay McInerney*
P2491. Virgin Suicides, *Jeffrey Eugenides*
P2492. Fakirs, *Antonin Varenne*
P2493. Madame la présidente, *Anne Holt*
P2494. Zone de tir libre, *C.J. Box*
P2495. Increvable, *Charlie Huston*
P2496. On m'a demandé de vous calmer, *Stéphane Guillon*
P2497. Je guéris mes complexes et mes déprimes
Christophe André & Muzo
P2498. Lionel raconte Jospin, *Lionel Jospin*
P2499. La Méprise – L'Affaire d'Outreau, *Florence Aubenas*
P2500. Kyoto Limited Express, *Olivier Adam*
P2501. « À la vie, à la mort », Amitiés célèbres
dirigé par Patrick et Olivier Poivre d'Arvor
P2502. « Mon cher éditeur », Écrivains et éditeurs
dirigé par Patrick et Olivier Poivre d'Arvor
P2503. 99 clichés à foutre à la poubelle, *Jean-Loup Chiflet*
P2504. Des Papous dans la tête – L'Anthologie
P2505. L'Étoile du matin, *André Schwartz-Bart*
P2506. Au pays des vermeilles, *Noëlle Châtelet*
P2507. Villa des Hommes, *Denis Guedj*
P2508. À voix basse, *Charles Aznavour*
P2509. Un aller pour Alger, avec un texte de Louis Gardel
Raymond Depardon
P2510. Beyrouth centre ville, avec un texte de Jean Rolin
Raymond Depardon
P2511. Et la fureur ne s'est pas encore tue, *Aharon Appelfeld*
P2512. Les Nouvelles brèves de comptoir, *Jean-Marie Gourio*
P2513. Six heures plus tard, *Donald Harstad*
P2514. Mama Black Widow, *Iceberg Slim*
P2515. Un amour fraternel, *Pete Dexter*
P2516. À couper au couteau, *Kriss Nelscott*
P2517. Glu, *Irvine Welsh*
P2518. No Smoking, *Will Self*
P2519. Les Vies privées de Pippa Lee, *Rebecca Miller*
P2520. Nord et Sud, *Elizabeth Gaskell*
P2521. Une mélancolie arabe, *Abdellah Taïa*
P2522. 200 dessins sur la France et les Français, *The New Yorker*